音乐之恨

LA HAINE DE LA MUSIQUE

PASCAL QUIGNARD

[法] 帕斯卡·基尼亚尔 —— 著

王明睿 —— 译

GUANGXI NORMAL UNIVERSITY PRESS
广西师范大学出版社
· 桂林 ·

YINYUE ZHI HEN
音乐之恨

La haine de la musique by Pascal Quignard
© Calmann-Lévy, 1996
Current Chinese translation rights arranged through
Divas International, Paris
巴黎迪法国际版权代理

Ouvrage publié dans le cadre du Programme d'Aide à la Publication
Fu Lei de l'Ambassade de France en Chine
由法国驻华大使馆的傅雷出版资助计划资助出版

著作权合同登记号桂图登字：20-2022-232 号

图书在版编目（CIP）数据

音乐之恨 /（法）帕斯卡·基尼亚尔著；王明睿译. --
桂林：广西师范大学出版社，2023.3
　　ISBN 978-7-5598-5635-7

　　Ⅰ. ①音… Ⅱ. ①帕… ②王… Ⅲ. ①随笔－作品集－
法国－现代 Ⅳ. ①I565.65

　　中国版本图书馆 CIP 数据核字（2022）第 217428 号

广西师范大学出版社出版发行

（广西桂林市五里店路 9 号　　邮政编码：541004）
（网址：http://www.bbtpress.com）
出版人：黄轩庄
全国新华书店经销
深圳市精彩印联合印务有限公司印刷
（深圳市光明新区白花洞第一工业区精雅科技园　邮政编码：518108）
开本：787 mm × 1 092 mm　1/32
印张：7.75　　　字数：95 千字
2023 年 3 月第 1 版　　2023 年 3 月第 1 次印刷
定价：58.00 元

如发现印装质量问题，影响阅读，请与出版社发行部门联系调换。

目 录

论 一

圣彼得的眼泪

我们用布匹包裹着一种声音的裸露，它来自婴儿时期，伤势严重，无声无息地待在我们体内深处。这些布匹有三种：大合唱、奏鸣曲、诗歌。

歌者，鸣者，说者。

在布匹的帮衬下，我们让自己的耳朵听不到一些更古老的声音和呻吟，一如我们力图让他者的耳朵听不到我们自己身上的大部分声响。

＊

赫西俄德[1]有一句诗说，音乐[2]（*mousikè*）在忧愁上洒

1　赫西俄德，古希腊诗人，生活时期约在公元前8世纪，被称为"希腊训谕诗之父"。本书注释均为译者注。

2　原书正文和括注含有较多法语之外的文字。原书已译出含义者，一般保留原有格式，不另做处理。原书未译出的，均尽量译出，非专名者以楷体标出译文，并在第一次出现时及必要处括注原文。本书正文中除现代法语之外的外文，以斜体标出。

下了几滴遗忘的祭酒。忧愁之于沉淀着回忆的灵魂，正如渣滓之于盛着酒水的酒壶[1]。我们所能希冀的一切，就是音乐休止。在古希腊，音乐的缪斯（mousa）被唤作厄拉托。她是恐慌之神潘的一个先知，在饮酒和食人的作用下，潘恍惚出神，游来荡去。萨满受启于动物，祭司受启于人祭，行吟诗人受启于缪斯。总是牺牲者。作品，无论它们声称自己多么现代，总是比接受或拒绝它们的时代更不现实。作品受启于"恐慌者"，总是如此。伴着萨满神杖、潘的笛子和拟声的嘶哑歌唱，恐慌者们要置一个年轻男子于死地，把他活活撕碎、随即生吃，这在拉丁语中叫作酒神节（bacchatio）。俄耳甫斯就是被生吃的。缪斯欧忒耳珀的嘴上支着一根笛子。亚里士多德在《政治学》中说，这位缪斯的嘴被占用了，双手也被占用了，就像妓女在用嘴唇和双手鼓起客人的自然（physis）之体。作品（opera）不是自由人所作的。一切工作着的都是被占用的。这是忧虑的"担心"。是法语里的"操心"（souci）。是酒壶里的沉淀：它是尸体，酒水独有的死者。

1　本书中的酒壶指古希腊和罗马盛酒等液体的双耳细颈土罐。

∗

是雅典娜发明了笛子。她制作了第一支笛子（希腊语为 *aulos*[1]，拉丁语为 *tibia*），来模仿自己听过的一种叫声，那是金翅蛇鹫在抵抗野猪时从嗓子里迸出的叫声。它们的歌唱在令对方瘫痪的恐惧瞬间震慑对方、定住对方并得以杀死对方。被生吃的恐慌首先是一种令人瘫痪的恐惧。*Tibia canere*[2]：让小腿胫骨唱歌。

林神玛息阿提醒雅典娜说，当她往笛子里吹气来模仿戈耳工的歌唱时，[3] 她双唇紧绷、脸颊鼓起、眼睛瞪得大大的。玛息阿对雅典娜叫道：

"放下笛子吧。扔掉这张使下巴变形的面具，别再吹这让人惊恐的曲子了。"

但是雅典娜没有听他的。

一天，在弗里吉亚，这位女神正在河岸吹奏，她瞥见了自己在水中的倒影。那种嘴巴被占用的形象吓着了她。她立刻把笛子远远地扔到了河边的芦苇丛里。她逃走了。

---

1 aulos，具体指阿夫洛斯管，一种古希腊的簧管乐器。
2 拉丁语，tibia 也有小腿胫骨之意，故此处一语双关："笛子"和"小腿胫骨"。
3 戈耳工是希腊神话中的蛇发女妖，有三姐妹，最小的是美杜莎。传说美杜莎被斩首后，其姐妹为她唱哀歌，雅典娜发明了笛子来对此加以模仿。

玛息阿却拾起了被女神抛弃的笛子。

＊

我在思考音乐与声音痛苦之间的关系。

＊

恐惧与音乐。音乐（*mousikè*）与恐惧（*pavor*）。这两个词虽然彼此不属于同一语言[1]，也不在同一时期，我却觉得它们永远是密不可分的。就像性器官和包裹着它的布匹。

＊

布匹，它包扎着一道裂开的伤口，掩盖着一处令人羞涩的裸露，当孩子走出母体的黑夜、发现自己的嗓音时，布匹包裹着他，彼时，孩子发出了第一声叫喊，启动了"动物"肺部呼吸的特有节奏，那将是他自己的呼吸，直至死亡。古老的罗曼语动词安慰（*solor*）转移了困扰。它能减轻一个人内心深处的重压，也能柔和在那里腐烂的酸楚。它舒缓了痛苦地潜藏在心里的，总是试图从痛苦而狂热的恐慌中跃起、跳出之物。这就是为什么我们在法语中

1　上句的 mousikè 为古希腊语的拉丁字母转写，pavor 为拉丁语。

说缪斯（muse）"逗乐"（amuse）了痛苦。由此产生了单词慰藉（consolatio）。6世纪初，罗马帝国逐个行省地分裂，原本联结这些地区的社会关系和宗教（religio）已经四分五裂，只待依照基督派和信仰基督的蛮族——至少有阿里乌斯教派——的意愿重建。此时，在东哥特国王狄奥多里克的命令下，一位罗马文人被关进了监狱，先是关在卡尔文扎诺，后来关在帕维亚的一座塔楼。他是年轻文人、贵族、新柏拉图主义者、波菲利主义者、阿摩尼阿斯主义者波爱修斯，叙马库斯[1]的玄孙女婿，始终对妻子的身体感到失望。在这座塔楼里，波爱修斯撰写了《哲学的慰藉》（De Consolatione philosophiae）。哲学（philosophia）是否曾经比灵魂的安慰还要胆大果敢？在一个秋日里，这本书被一记斧头中断了。那是524年10月23日。他的全名是阿尼修斯·曼留斯·托卡杜斯·塞维里纽斯·波爱修斯。被斩首前，在帕维亚监狱里，亡者世界的神灵，即幽魂（imago）亦即"慰藉的具象"曾在他面前以女性的形象出现过。在此引用《慰藉》第一卷的《散文一》："在我静静地冥想自我时，当我静静地用凿子在木板上记下自己的哀诉，我感到头顶上方站着一个广阔无垠的女人，她时而年

1　叙马库斯（约342—约402），古罗马政治家、演说家、文学家。

轻时而年老，站得笔直。她的双眼是两团火焰……"保存。慰藉。约瑟夫·海顿在旅行中携带的小日记本中记道，他在努力减轻一种古老的声音痛苦，它来自罗劳[1]，在奥地利和匈牙利的交界处，始于 18 世纪 30 年代：莱塔河的低语，车匠的作坊，不识字的父亲，造车用的木材，榆树、白蜡树、橡树和千金榆的知识，车辕、车轮和辕木，铁匠的铁砧，木槌的击打，锯子和锯齿——总之，与童年有关的一切悲怆都急急闯进他的节奏。他靠作曲来抵抗它们，直到去世前的几个月。在那几个月里，这些节奏加速埋葬了海顿，迅速得让他不仅来不及将节奏转为旋律，甚至都来不及记下它们。包括一切不能通过语言形式来保存的东西，以及无法由语言呼唤出来、加以表述并置之死地的东西。无以言表。海顿说，于他而言，那就像是上帝听到的锤击，钉住了他鲜活的双手，捶打着他被捆在一起的鲜活的双脚，在那个狂风暴雨的日子，他被绑在一个十字架上、立在一座山的山顶上。

　　我们坐在扶手椅上。我们擦干久远的眼泪，它们比我们创造出的身份要古老得多。和站在波爱修斯床边的那位女性一样，这些眼泪"时而年轻时而年老"。在"我们听音

1　罗劳，海顿的家乡，位于奥地利的下奥地利州。

乐"和"我们擦干与圣彼得之泪一样的眼泪"这两种说法之间，我认为第二种表述更为准确。在4月初的日子里，在黎明给黑暗洒下白光的几分钟前，从鸡舍遥遥传来的一声啼唱，令一个站在门厅角落的人突然失声痛哭。[1] 从此，人们便把公鸡放在（也许是为了回忆那些激动的时刻。声音在唤起这些激动时，或对它们加以认可，或依然表示警告）基督世界的教堂钟楼上。

遗迹讲述着自己将要造出的时间。

某些声音，某些哼唱，在我们身上讲述着此刻我们身上显现的是何种"古老的时间"。

＊

1000年，在京都的皇后寝宫里，清少纳言在床上躺下时会卷起日记，塞进木枕里，日记中多次写下了令她感动的声响。她反复记述最多的声音是在干燥小径上漫行的车子的动静。那是夏天，白天结束了，阴影在大地一切可见的地面上蔓延。虽然她似乎从未掌握整个节拍，又似乎没有察觉孤独和独身令自己喘不过气来的原因，可它们每次

---

1 《圣经》中，耶稣夜里被捕，彼得三次不认他，鸡叫后，他想起耶稣说过"鸡叫以先，你要三次不认我"，就出去痛哭。参见《新约·马太福音》26:69-75。

都能带来愉悦的感觉（或者是对愉悦的怀念，或者是当时充满乐趣的幻觉，那意味着对愉悦的怀念）。

※

这位藤原定子皇后的贴身女官还说：

> 听到格子后面回响着筷子的碰撞声。
> 听到盛米酒的提壶的梁倒下时发出的动静。
> 透过格子传来微弱的动静。

※

音乐以原初的方式与"声音隔障"的主题相联系。最古老的故事在主题上会采用竖起的耳朵或者被意外发现的隐情，譬如在丹麦城堡的帷幔后面，在罗马或吕底亚的城墙背后，在埃及的栅栏之后。听音乐也许不在于转移精神上的声音痛苦，而更在于努力重建动物性的警觉。和声的特征是，一旦发音清晰、有语义的语言在我们身上蔓延，它就会重现已逝的**声音好奇**。

※

　　5世纪初，在罗马，阿普罗内尼亚·阿维蒂亚[1]在那封以"快要到达你身边（*Paene evenerat ut tecum*）"开头的信中，用一句委婉的话谈到了对自己影响巨大的"掷骰子的摇杯那激动人心的声响"。随后，她转移了话题。在我们每个人身上，都存在着"激动人心的"声响。虽然她不信基督教，但通过罗马氏族的保护关系，她与普罗巴[2]（这位信奉基督教的贵族为阿拉里克[3]的哥特军队打开了罗马的大门）和波勒[4]（圣波勒）都有来往。普拉多博物馆里藏有洛林人[5]的一幅油画，叫作《圣波勒在奥斯蒂亚港口登船》，让人得以想象阿普罗涅尼亚的身影，她旁边是欧斯托蒂娅的身影，那是385年，欧斯托蒂娅陪伴圣波勒一同出海。

　　海上风平浪静。阳光溢出天际，落在万物上，拓开了

1　阿普罗内尼亚·阿维蒂亚，古罗马贵族，在罗马帝国末期撰写了一系列碎片式的作品。

2　普罗巴（？—432），罗马普罗巴氏族的女贵族。

3　阿拉里克，即阿拉里克一世（约370—约410），西哥特国王。

4　圣波勒（约347—404或406），圣哲罗姆的徒弟。她三十二岁时丧夫，在伯利恒建造了三所专为女性开放的修道院，和同为圣徒的女儿欧斯托蒂娅（约368—约419）一同管理。

5　洛林人，指克洛德·热莱（约1600—1682），是洛林画家，擅长风景画和古典风格。

它们的轮廓，又撕裂了这轮廓。在塞壬潜伏的小岛面前，一切都是寂静的。

塞壬，是阿普罗内尼亚、欧斯托蒂娅、圣波勒。

＊

在一切人们喜爱的音乐中，都有附在音乐本身上的一点古老声音。一种希腊语意义上的音乐附着于音乐本身之上。一种"附加音乐"压坍了土地，立刻朝向我们曾经忍受的种种叫喊而来，而我们却无法命名这些叫喊，甚至也无法看见它们的源头。不可见的声音，始终无视视觉，在我们的身上游荡。古老的声音曾经纠缠着我们。那时，我们还看不见。那时，我们还不曾呼吸。那时，我们还未发出叫喊。那时，我们能听得见。

＊

在极为罕见的瞬间里，我们或许能够定义音乐：它是音量不及发声体之物。有关嘈杂之物。（换言之，是一截被捆绑的发声体。一截发声体，我们对它的怀念一直都是可以理解的。或者说是这样一个更简单的怪物［monstrum］：一截无含义的语义性发声体。）

＊

记忆中，之所以有恐惧和恐怖（*terror*），是因为童年无法挽回，其中无法挽回的是被放大的、狂热的、有创造性的部分。我们只能搅动那些"有语义、无含义的"沉淀，那些非义素的义素。我们只能任由它们叫喊，像扯开伤口检查情况时那样。像在伤口红色的开口上抽掉腐烂、发臭的线。

童年之前的伤疤在夜间的声音中渗裂开来，它和童年时期的伤疤一样，将在脑电图上呈现出一条平线。

＊

关于对母亲保有的回忆，贺拉斯从未提过只言片语。人们通过瓦留斯[1]、梅萨拉[2]、梅塞纳[3]和维吉尔了解到，于他而言，说话是何等困难。他的讲述方式是断裂的，他打断了词格。他在《诗艺》中写道：

Segnius irritant animos demissa per aures

1　瓦留斯（前74—前14），古罗马诗人。

2　梅萨拉（前64—8），古罗马官员、作家、文艺事业资助者。

3　梅塞纳（约前70—前8或12），古罗马政治家，奥古斯都大帝的近臣，尤以资助文学和艺术事业而著称。

Quam quae sunt oculis subjecta fidelibus.

萨纳东神父[1]选择用读来缓慢而悲伤的格言形式来翻译这两句诗：

若只打动耳朵，不及打动眼睛令人印象深刻。

泰奥夫拉斯特[2]却相反，他坚持认为，最能为激情敞开大门的感官是听觉。他说，视觉、触觉、嗅觉和味觉虽然会引发心神不宁，但程度不及"雷鸣和呻吟"通过耳朵引起的思想混乱。

有些可见的场景令我目瞪口呆，把我丢弃在寂静里，而这寂静本身就是一首缺席的歌。我得过缄默症：那是一首缺席的歌。那是一支舞：人们会前后摇摆。或者左右晃动脑袋。寂静是有节奏的。

但是大部分尖声厉叫和某些喧哗会毫无节奏地让我烦躁不安，直到心律不齐。

声音潜入一种听觉的寂静里，它比视觉的寂静更加碎

---

1 萨纳东神父（1676—1733），法国耶稣会神父、文人、翻译家。
2 泰奥夫拉斯特（1586—1653），法国慈善家、医学家，也是法国新闻业的开拓者之一。

裂，但贺拉斯却认为后者是第一个美学意义上的撕裂者。

＊

只有音乐才是令人心碎的。

＊

贺拉斯还认为，寂静本身不能完全自我分裂。对声音的摧毁无法一直进行到分裂的尽头：彻底的寂静。贺拉斯说，即便是正午的寂静，即便是夏季里最令人昏沉时的寂静，它也会在河水一动不动的堤岸上"嗡嗡作响"。

＊

认识光、认识大气——这些认识与我们同岁。在我们的社会里，年纪不是从怀孕算起的，而是从分娩开始，遵守家庭的、符号的、语言的、社会的和历史的秩序。

认识一个有声世界，却没有能力与它对话，没有能力领会它或者用语言来回应它，它先于我们数月之久，甚至用来听语言的耳朵也是如此，而我们将诞生在语言里。

先于我们两到三个季度。

声音先于我们的出生。它们比我们年长。这些声音甚至先于我们尚未拥有的名字，而名字，我们永远都不会拥有它，除非它早已在空气和白昼里，在我们缺席的情况下回荡于四周，而这空气和白昼里还不曾出现我们的面庞，它们也还不知道我们的性别。

＊

音乐和恐惧。

夜晚的恐惧（*pavor nocturnus*）。声响，田鼠和蚂蚁的啃食，水龙头或沟槽中的水滴，黑暗里的呼吸，神秘的呻吟，低声的叫喊，突然违反彼处寂静声音准则的寂静，闹钟，摇摆的树枝或屋檐上雨水的噼啪声，公鸡。

白昼的恐惧（*pavor diurnus*）。在圣所里。在塞巴斯蒂安－博坦街[1]的一条过道上，二十五年来，那里没有人，我们仍小声说话。是修道士的低语。有时是猫叫似的笑声。我们是柳条编织的人偶，罗马人称之为 *larva*，更古、更老的亡者在操控我们身上的线。

＊

生者经常住在先人家里或者亡者的世界，却浑然不觉。

1　塞巴斯蒂安－博坦街，巴黎七区的一条街道，伽利玛出版社所在地，作者曾是其审读委员会的委员。

是知识和这种假设让萨满具有治愈身体的才能：一位祖先有窥伺你的癖好。有一个词，它在你出生的七个世代前就被念了出来。

＊

三十二年前，在一片树林里有过一段悄悄话。

当时，在泛黄的树叶间、颤动的光线里，只有我们俩：她压低嗓音直至屏住呼吸，声音小得我几乎无法感知，这才向我吐露了每一个欲望。

我听不清她在说什么。我有一半都听错了。她在怕谁会听到？一只黄鹿？一片树叶？

上帝？

她的嘴唇凑向我的耳朵。

＊

甩不掉的恐惧。和玩弹珠的孩子们同样固有的恐惧。他们单膝跪地。他们瞄准珠子，同时窥伺着其他东西。

＊

入侵、心律不齐、战争、死亡威胁下的暴动，它们在持续窥伺。在一切都无法抵挡的擅入面前，只能处于被动状态。什么时候，夜晚少了那种状态下的深度？这种状态先于出生，是对生者的第三次擅入。什么样的人逃脱了死亡？那窥视着他、准备奔涌而出、准备发出嘶哑喘息的死亡。

在何处，脚下的大地会不再突然开裂？

*

在花园里看书，腾腾热气、无精打采、慢慢悠悠和昏昏沉沉汇成了夏天。

当一只小壁虎的爪子挪动了一片枯叶，发出的破裂声会让人心漏跳一拍。

你已然双脚踩在炙热的草地里，浑身颤抖。

*

在大自然里，人类的语言是唯一一个自负的声音。（在自然界中，它是唯一一个企图赋予这个世界意义的声音。唯一一个狂妄到企图反过来给自己的创造者带来意义的声音。让大地发出声响的铿锵踏步：令人恐惧 [*expavescentia*]，令人害怕 [*expavantatio*]，那是人的声音，他们不断地踩踏大地，受到惊吓后逃离了彼处近旁。在新石器时代以前，彼处近旁曾是深渊。）

＊

弗龙东[1]在《历史规律》(*Principia Historiae*)的开篇写道：

> *Vagi palantes nullo itineris destinato fine non ad locum sed ad vesperum contenditur.*（游荡，四散，他们的旅途没有任何终点，他们前进，不是为了到达某处，而是为了抵达夜晚。）

Non ad locum：不是去往某处。

人类的洞穴是他们的西方。亡者的世界，就是他们的居所。每天，太阳把他们带到这里，又在他们面前死去。

＊

帕库维乌斯[2]写有一段话，讲述了中断几千年的踏步行走的事物。1823 年，J.-B. 勒韦[3]将其翻译如下："是这处海角，它的尖端伸进了大海。"

1　弗龙东（约 95 或约 100—166 或 167），非裔语法学家、修辞学家、律师。
2　帕库维乌斯（前 220—前 130），古罗马剧作家、诗人。
3　J.-B. 勒韦（1769—1828 或 1835），法国修辞学和拉丁文学教授。

Promontorium cujus lingua in altum projicit.

语言（*lingua*）是社会借以进入自然的事物。语言不会发展到能准确地说出其所是。它会显露。它将外在引入充盈之中。将延迟引到即刻里：这就是音乐（或曰记忆），因此记忆（*mnèmosynè*）和音乐（*musica*）是一回事。逻各斯（*logos*）将"二"插到了"一"里。520 年，在雅典，希腊哲学家达马希乌斯[1]在被帝国驱逐、被基督敕令赶到波斯前写道，一切逻各斯都是连续不断的宇宙中分裂之权的奠基人。

✳

语言加剧了"外在"、"事后性"、缺席、间断、死亡、二元之分、偶数性、间隔、对抗、性别、斗争。

同样，在语言学家眼中，否定削减不了任何事物：它在肯定句中加上了否定自身的标志。

✳

在所有语言的最初，它们都成长自用于削减的声

1　达马希乌斯（约 458—538 年后），公元 6 世纪初被查士丁尼一世迫害的异教哲学家之一。

音——用于除去方才所说之物，而要削减声音就必须将其前置。

因此，语言是一块塔尔皮埃纳岩石[1]，而词语的浪潮则是一群人，他们推搡着一个人，让他跌落在使自己与大海分开的垂直空隙里。在古希腊人的语言中，问题（*problèma*）一词意指同样延伸在低处波浪之上的峭壁，在峭壁上，城里的人们将一个牺牲者推到海里用以祭祀。奇怪的是，甚至讽刺的是，海角、语言、问题和死亡，它们是一回事。

＊

海角（*promontorium*），语言，问题。

"用于削减的声音"，这就是音乐。

音乐的声音削减人类的语言，用的是与离开自然之声相同的方式。

死亡之声。

赫耳墨斯掏空了海龟的内脏，煮了一头偷来的母牛，刮净皮毛，铺在剔了肉的龟壳上，最后在牛皮上固定七根

1　塔尔皮埃纳岩石，位于罗马卡皮托勒西南角的一座多石小岛，是古罗马时期流放犯人的主要地点。

绷直的羊肠。他创造了齐特拉琴（cithare）。后来，他把自己的羊牛龟制品赠给了阿波罗。

《英雄传》中，瑟尔顿[1]在一口小锅里发现自己孩子们的身体正在沸腾，一条条血管从死去的儿子们的十二颗心脏中溢出，他把这些血管拉在大儿子右手的骸骨上。于是，瑟尔顿发明了第一把芬蒂尔琴（*foendyr*）。

＊

在《伊利亚特》中，齐特拉并不是一把琴：它还只是一张弓。夜晚仍旧是音乐家，它会演奏令人惊恐的夜间音乐会。在全书开篇的第一卷第四十三行以下有这般描述："阿波罗从奥林匹斯山巅而来，他的肩上挂着银色弓箭和盖着的箭袋。每走一步他都怒火中烧，背上的箭铿铿作响。他的到来有如黑夜（*Nukti eoikôs*）降临。阿波罗与战船遥遥相对。他射出一支箭。银弓发出令人心惊胆战的弦声（*deinè klaggè*）。他首先射向骡子和迅跑的狗群。最后对准士兵，他们纷纷中箭。焚化尸首的柴薪怎么也烧不尽。一连九天，天神用箭矢横扫军队。"

---

1 瑟尔顿，高加索神话人物。

在史诗的另一端，即《奥德赛》的末尾，尤利西斯[1]庄重地踏进了大殿。他拉开了弓。他准备射出第一支箭，发出屠杀追求者的信号，在这又一场祭祀中，弓箭手阿波罗再一次帮助了他。第二十二卷是这样描述的："有如一位擅长弦琴和歌唱的行家，给琴柱安上琴弦，轻松地把能发出声响的柔软羊肠绕过柱头，拉紧，提高音调，尤利西斯也这样毫不费力地弯了弯美弓。他张开右手，试了试弦。弓弦松开，动听地歌唱着（*kalon aeise*），嗓音（*audèn*）有如燕鸣。"

再一次，里拉琴[2]先出现。弓后出现。尤利西斯的弓像一把齐特拉琴。弓箭手像一位弹琴者。弓弦的震颤唱出一曲死亡之歌。如果说阿波罗是出色的弓箭手，那么他的弓就是有音乐性的。

＊

弓是远程的死亡：无法解释的死亡。更确切地说：死亡与嗓音一样不可见。嗓音之弦、里拉琴弦、弓弦，它们是同一根弦：是动物尸体上的肠衣或筋腱，发出的不可见

---

1 又作"奥德赛"或"奥德修斯"，本书采用拉丁文"尤利西斯"（Ulysse）的译法。

2 齐特拉琴属于里拉琴（竖琴）的一种。

之声实施了远程谋杀。弓弦是第一支歌：荷马说，这歌唱"嗓音有如燕鸣"。弦乐器的弦是死亡之琴里拉琴的弦。

里拉琴或者齐特拉琴，是朝上帝射出歌唱（朝动物射出箭）的古老之弓。荷马在《奥德赛》中运用的隐喻比在《伊利亚特》中展现的隐喻更加晦涩，但它也许是标志性的：它让弓诞生于里拉琴之中。阿波罗依然是弓箭手英雄。弓的发明是否早于弦乐，这一点并不明确。

*

声音和语言可以互相听见，却碰不到也看不见对方。当歌声可以进行触碰，就会：1. 刺穿；2. 杀戮。

众神看不见彼此但听得到对方：在雷鸣里，在激流里，在乌云里，在大海里。他们如嗓音一般。弓天生具有一种言说的形式，它在远处，在不可见中，在空气里。嗓音首先是弦的嗓音，弦在震颤时，乐器尚未被划分作音乐、狩猎和战争之用。

*

倒下的猎物之于弓弦的声音，如同闪电之于雷鸣的声音。

＊

《梨俱吠陀》说，弓在唱着歌的满弦里怀抱死亡，就像母亲在怀里抱着自己的儿子。

＊

一种语言。

首先，是一处海角。其次，是一个问题。

＊

《梨俱吠陀》中的第十颂歌把人定义为下意识地将听觉视为居所的生物。

人类社会把语言视为居所。庇护他们的不是大海、洞窟、山峰或者深林，而是他们彼此交流的嗓音。并且，所有行业与仪式的活动都在这种声音奇迹的内部进行，它既不可见，又和我们没有距离，一切都服从于它。

让人们得以互相听见的事物，它自己也能听得见。

于是，弓箭手变成了空（*vac*）、逻各斯和词（*verbum*）。

＊

当希腊词语变成了罗曼词语，当拉丁词语变成了法文词语，词语的意思改变了，更甚于将它们带来的水手和商人的面容之变，更甚于喊出它们的罗马军团士兵的面容之变。奥古斯都朝臣的面容，查理曼朝臣的面容，围着缩在锦缎屋隅的曼特农夫人[1]的那些面容，朱丽叶·雷卡米耶夫人[2]在巴斯－杜－杭帕街的沙龙里欢迎的那些面容。词语在改变。胡子和皱领变了一点。但人们却能想象到同样的面容。

永恒的性别。

同样空无一物的目光，在它深处，欲望喷出一道同样可怕的光芒，而折磨它的亦有亘古不变的衰老进程，有害怕，怕不得不遭受痛苦而难以承受，也有对死亡不可言说的确信，在它的呻吟、它的叫喊和它最后的气息中确信死亡。

我看到同样的面容。我猜布匹下面包裹的，是一模一样、无能为力、受到惊吓又滑稽可笑的裸露身体。但我也听到了难以领会的音和词。

✳

我无时无刻不全神贯注在难以领会的声音上。

1　曼特农夫人（1635—1719），法国国王路易十四的第二个妻子。
2　朱丽叶·雷卡米耶夫人（1777—1849），法国社交人物，她的沙龙一度引领着巴黎文学圈和政治界的谈论与交流。

＊

害怕（*tréô*）和令人害怕（*terrere*）。颤抖（*trémô*）和令人颤抖（*tremere*）。

冬天里冻得瑟瑟发抖的嘴唇。执政官马尔库斯·图利乌斯·西塞罗颤抖的嘴唇（*trementia labra*）。当发出词语的嘴唇在颤动时，词语本身也在颤动。呼出的一小团热气，也在冬季的寒冷中颤动。

嘴唇、词语和意思。性别和面容。气息和灵魂。

在啜泣中说不清话的嘴唇。

当人们克制啜泣，或在阅读诞生之时阅读，嘴唇就会颤抖。

大地的颤动保护着废墟，废墟掩藏着大地的裂缝，像见证者一样在等待，等待一万九千年后有人打开一个洞窟。

拉丁语中的 *tremulare* 尚没有以震颤为特征的性含义：那是油灯中在油里摇曳的火焰。

柔软的卵。*Tremula ova.*

＊

在维吉尔笔下，卡提鲁斯[1]的标枪似一根悦耳的弦在颤动。

赫尔米纽斯[2]死了。这位贺拉提乌斯·科克勒斯[3]的同伴从未戴过头盔，也从未穿过甲胄。

他赤身裸体地战斗。一缕"野兽"般的发丝从他头上落在肩上。累累的伤痕吓不倒他。他用整个身躯来抵抗雨打般的刺伤。卡提鲁斯的标枪颤动着（*tremit*）插进他宽厚的双肩。他在一阵痛苦（*dolor*）中把标枪折为两段。到处都流淌着黑色的鲜血（*ater cruor*）。每个人都在庆祝葬礼。每个人都在通过自己的伤口寻找一种崇高的死亡（*pulchram mortem*）。

悦耳的声音与崇高的死亡结合在了一起。

Hasta per armos acta tremit. 颤动的标枪，插在双肩里。

1　卡提鲁斯，古罗马传说中的人物，提布尔族首领。这里讲述的故事参见《埃涅阿斯纪》卷十一。
2　赫尔米纽斯，古罗马英雄人物，战功赫赫，于公元前506年当选为执政官。
3　贺拉提乌斯·科克勒斯，古罗马英雄人物，曾与赫尔米纽斯等人一同保卫了罗马。

＊

每个声音都是一种微小的恐惧。*Tremit.* 它在颤动。

＊

4世纪初，在突尼斯靠近苏格艾赫拉斯的萨布西克姆 – 纳密达罗姆，语法学家诺尼乌斯·马塞勒斯[1]把罗马单词统计成了十二卷书。他将这部作品题名为《学问概略》（*Compendiosa doctrina per litteras*），并题献给了儿子。在第五卷的一列里，诺尼乌斯收录了单词 *terrificatio*。诺尼乌斯·马塞勒斯是唯一一个知晓这个单词的人。保存至今的任何一份古代文献都没有对它加以说明。他在书中解释了这个词的意思：吓唬鸟雀的稻草人。

＊

音乐是一个声音稻草人。于鸟而言，它就是鸟的歌唱。
一个稻草人（*terrificatio*）。

---

1 诺尼乌斯·马塞勒斯，努米底亚人，约生活于 4 世纪上半期。

*

罗马或萨布西克姆的恐吓：在弓的后面，有一个染成红色的粗糙人偶，被安置在农田里。

这只妖怪会发出声音，叮叮当当地响。稻草人在古典拉丁语中被称作 *formido*。由此衍生出法语 formidable，意为可怕的。*formido* 过去曾是一根简单的绳子（*linea*），绳子上到处系着一绺绺血染的羽毛（*pinnae*）。典型的罗马狩猎有着这样古老的过程：负责引来猎物的人们摇晃着盖有红羽毛的稻草人，奴隶们竖起火把，猎犬伴其左右，它们吠叫着，试图吓坏被追赶的怪物，它们在森林深处制服野猪后，叫喊着把猎物赶向猎人，猎人们手持长矛、身穿短衣，双手和面庞都裸露在外，用右脚紧紧地抵在猎网前。

罗马人描述了那可怕的窸窣声，那风中羽毛绳（*linea pennis*）的嗡嗡声，羽毛绳形成一条狭窄的通道，逼迫野兽径直走向陷阱。

稻草人（*terrificatio*）不再完全指 *formido*。人们用朱砂涂抹在多枝杈的人形外表上，觉得自己是在制造一个人，也希望可以制造恐惧。所针对的不再是野猪和鹿。人们想驱赶那些喜欢种子的奇怪小动物，它们曾经的鱼鳍覆上了羽毛，得以在空中移动，人们称之为鸟。

蒙蒂尼亚克附近有一个昏暗的小洞窟[1]，洞窟的井坑里，有一个在欲望中死去的男子，在他身旁的地上，插着一根顶着一只鸟头的棍子。

一个 *inao*。一个稻草人。

＊

524 年，被关在帕维亚塔楼里的波爱修斯清点着把自己扔向悲痛和死亡的议员人数。与此同时，自《慰藉》第一卷伊始，这位哲学家就说起了自己的恐怖和沮丧，展示固定在自己脖子上的链锁，描写了自己的悲痛（maeror），这悲痛令他的思考能力变得虚弱、衰退，还歪曲了他对自己之所是的感知和对自己之所应得的评价。波爱修斯写了两句揪心的诗，展示出痛苦将牺牲者禁锢在了何等不可理喻的麻木中，指出暴政将人们禁锢在了何等顺从的呆滞里。他比较了这两个谜一般的昏睡（lethargus），它们毫无人类特征，因为它们来自动物的震慑。

"*Sed te,*" 突然，那位他称之为哲学的无垠又美丽的女人打断了他，她俯视着他的床说，"*stupor oppressit.*"

---

1 指法国多尔多涅省蒙蒂尼亚克镇附近的拉斯科洞窟，洞窟中的壁画作于旧石器时代，本段描述的是其中一幅。

"可是，你也一样，麻木（*stupor*）在压迫着你。"

于是，波爱修斯在手边没有任何一本书卷（*volumen*）的情况下摸索着，努力分析狄奥多里克专制制度的发展过程，为整个中世纪塑造出了暴君的神话形象。幽魂的枷锁变成了辩证的偶数对，又变成成双成对的象征：芝诺和尼阿库斯[1]，卡西乌斯[2]和卡里古拉[3]，塞内加[4]和尼禄，帕比尼安[5]和卡拉卡拉[6]。最后是他自己，阿尼奇乌斯·托卡图斯·波爱修斯，对阵狄奥多里克大帝。

＊

稻草人：*terrificatio*。

1　尼阿库斯（约前360—？），亚历山大大帝的同伴，于公元前325年成为皇家舰队的舰长，率队远征，探索了阿拉伯海和波斯湾。

2　卡西乌斯（早于公元前85年—前42），罗马元老院议员，谋杀恺撒的主谋。

3　卡里古拉（12—41），罗马帝国的第三任皇帝。他建立了恐怖统治，神化王权，且行事荒唐，被认为是罗马帝国早期的典型暴君。

4　塞内加（约前4—65），罗马斯多葛学派哲学家，曾任尼禄皇帝的导师及顾问，62年因躲避政治斗争而引退，但仍于65年被尼禄逼迫自杀。

5　帕比尼安（142—212），罗马法学家与禁卫军将领。皇帝塞维鲁死前将自己的儿子卡拉卡拉和盖塔托付给他。帕比尼安竭力维持着兄弟俩之间的和平，却反倒加深了卡拉卡拉对自己的仇恨，最终在卡拉卡拉发动的追杀盖塔友人的行动中遇害。

6　卡拉卡拉（186—217），罗马皇帝，杀死了弟弟盖塔及其支持者来巩固皇位。他颁布了安托尼努斯敕令，将罗马公民权授予全体罗马人民，标志着罗马帝国由盛转衰。

※

惧怕。吸入害怕。怕得出汗，毛骨悚然，苍白，一动不动，腹痛。颤抖，打战，抖动，蜷缩身体。比起恐怖一词，我更喜欢憎恶。它并没有更为准确，但是指明了厌恶并显露出憎恨。当我们看到与权力捕食有关的恐怖而假装惊讶时，我们猜想中的世界是什么样的？我们能否在方式、表现和结果上区分出爱与恐怖？（焦虑，颤抖，食欲不振，苍白，腹泻，心律不齐，喘气。）我们能在美好中净化掉恐怖吗？（令人震惊，强制沉默，保持尊敬。）我们是否知道有一位纯粹的恐怖之神？最老实巴交、最像格勒兹或者最像狄德罗的一家之主的手，比儿子的头还要大，当他站起身来，孩子只能看到他的膝盖。那双最白的手在哪里？在伊丽莎白·巴托利[1]的双臂之端，她在塞伊特城堡，在雪里，在小喀尔巴阡山脉的一处悬崖上，在 1609 年的 11 月。缪洛神父[2]问黎塞留，要做多少次弥撒才能把一个灵魂从炼狱中拉回，黎塞留答道：和加热一只炉子所需要的雪球一样

1　伊丽莎白·巴托利（1560—1614），匈牙利伯爵夫人。据说她喜欢折磨美貌女仆和乡村年轻女孩，并取其鲜血用以永葆青春。她所住的塞伊特城堡建在一座丘陵顶上，位于喀尔巴阡山的匈牙利山区。这里也是女伯爵嗜血狂欢的魔窟，后人称之为"嗜血女伯爵"。因此，作者说她拥有一双"最白的手"。
2　缪洛神父（约 1578—1653），索邦大学神学院院长，是黎塞留的第一神父。

多。恐怖在我内心深处。它是我内心的最深处。我不相信有人能控制它，除非他百分之百地承认自己至少被警告恐怖的声音玷污过。这个声音先于我的出生、我的吸气和我与白昼的接触。甚至在我们的肺部运转之前、在它使我们得以叫喊之前，我们就已经竖起了一只耳朵，它在肚皮隔膜下受到了莫名迹象的恐吓。

※

人们在一张鼓皮上反复制作着女性腹部的隔膜，这张皮是从动物身上刮下来的，我们还用它的角来进行呼唤。

※

和解，和平，神性，仁慈，纯洁，满足，文明，博爱，平等，不朽，公正，它们在大腿上重重地拍打着双手。

※

一切都被与声音有关的血液覆盖了。

※

战争，国家，艺术，宗教，信仰，地震，传染病，动物，母亲，父亲，政党，强制，痛苦，疾病，语言，听到声音，服从。我绷紧背部似的东西。

我躲开帮派；一只眼睛窥察所有打开的门上那么可笑又出人意料的一桶冷水，另一只眼睛窥察猛兽大张的嘴；一瞥见有某种信仰的躯体，无论它身处何种体制，无论它属于何人，我都会拔腿就跑；逃离这个时代中迟钝又残酷的社交；建立一种小而又小的依附，依附一张小小的网络，网络里有程式化的礼节，

语法时态的搭配和乐器的搭配，

皮肤上最柔软的那些小地方，

一些港湾，一些花朵，

房间、书本和朋友，

正是为了这些，我的脑袋和身体贡献出它们各自的时间，两者互相交叉，总是不协调，但最终步调基本一致。两千年前，历任帝王和内政大臣为伊壁鸠鲁和卢克莱修的门徒感到羞耻，原因就在于此。维吉尔的忧伤。维吉尔的忧伤，在皮埃图[1]的路上，在明乔河畔，在曼图亚，在克雷莫纳，甚至在米兰。他是《牧歌集》的作者，是西龙[2]的学生，是写友情和笛子二重奏的维吉尔，那笛子绷紧了嘴唇、鼓起

---

1 皮埃图，维吉尔的出生地，近曼图亚。此句提及的均为意大利地名。
2 西龙，生活时期约在公元前 1 世纪中期，伊壁鸠鲁学派哲学家。

了脸颊。[1]

麦纳尔喀斯朝莫普苏斯[2]转过身去，对他说："来读一读我们写的东西吧。"

在罗马，维吉尔被免除赋税，他踌躇满志又留恋故土，手指苍白，用三根手指紧握着尖笔（stylus），划去了科尔内留斯·伽卢斯[3]的名字，他在屋大维的宫中赴宴时高声诵读，在梅塞纳家里赴宴时高声诵读。

维吉尔感到羞愧。寂静突然成了他羞愧的堤岸。

最终，公元前19年9月21日，普布留斯·维吉留斯·马罗因身患疟疾而卧床，在布林迪西[4]的卧室里流着汗，虽然夏末依旧炎热，虽然炭火在卧室中央喷出火焰，他还是冷得直哆嗦，濒临死亡的他恳求大家拿来已经誊写上《埃涅阿斯纪》之歌的木板，在卧室的箱子里找、向最亲密的朋友要回，他想亲手将它们统统焚烧。

他的手在颤抖。他的嘴唇在颤抖着恳求。汗珠在他讨要自己书本的脸庞上颤抖。

临终时，围着他的人们没有动弹，拒绝给他带回木板

1　此处为原书的特殊格式。

2　麦纳尔喀斯和莫普苏斯均为《牧歌集》中的人物。

3　科尔内留斯·伽卢斯（前70—前26），古罗马政治家、演说家、诗人。

4　布林迪西，今意大利普利亚大区布林迪西省的首府。

和书卷，他们无动于衷，像屋大维一样，厌倦了他的叫喊，一动也不动。

＊

贺拉斯老了。昆图斯·贺拉提乌斯·弗拉库斯反思着自己的一生。突然，他觉得自己活得是有价值的，因为他"为朋友所爱"。*Carus amicis.* 这是贺拉斯刻下的词语，尖笔在微微颤抖。

＊

公元前 5 世纪，孔子去世。他曾在山东的小村落讲学。他被葬在孔林，那里保存着他的遗物。

他的遗物有三件：冠、琴、车。

"孔子把生命视为对文化的永恒追求，友谊和真诚的礼貌让这一追求成为可能，它在心里继续行进，类似于祷告，不过是一种无私的祷告。"（马塞尔·葛兰言，《中国思想》，巴黎，1950 年，第 492 页。）

＊

罗马的占卜官用立图斯（*lituus*）[1]的顶端在空中勾勒出想象中的圣堂。那宽慰人的小方形。当鸟儿在这假想的空间中扇动翅膀或放声歌唱，就研究它们的飞翔意味着什么。我的生命是我正在制订的一份小菜谱。如果在我面前有五六千年，有一种感觉就会在我身上出现，它对我说，我会害怕走到终点。

＊

磁铁自发地引来铁、钴和铬的碎屑。磁铁像是母亲的笑容。母亲的笑容立刻就会引起孩子的模仿，在脸上嘴唇上扬。母亲的笑容像是恐惧：在恐惧中，感染被叫作恐慌。我们所有人，从一出现、在出现前、从最年幼时起、在出生本身之前，都完全是模仿性的，像母亲创造出我们那样具有繁衍能力。我们都处于完全的恐慌状态。音乐像是恐慌的笑容。一切接近心脏搏动和气息节奏的震颤，都会引起一种同样的收缩，也是不由自主的，也是无法抗拒的，是恐慌的。笑容，它露出了老虎、鬣狗和人类的牙齿，

1　立图斯，伊特鲁里亚肠卜僧和占卜官所用的祭祀器具。

是突出的恐慌。我们都无法抵抗恐慌（恐慌的石头，母亲磁性的笑容，恐慌的极地，精神的罗盘。我们都是小小的"镍的啮噬"。面对"浅蓝的石块"，面对欲念，面对强烈的惊恐，面对死亡，我们都是碎片，都是挛缩）。

＊

我们如何才能从高处俯视死亡？怀有指责它的意图吗？我指责阿刻戎河[1]。我指责影子。说这太不公正？说这不平等？我们如何才能训斥统治或疾病？性事呢？我们如何才能对恐怖说不？我们如何才能说存在之物是有错的？

近年来关乎福祉的宗教令我恶心。

决定逃避惊恐的人们啊，我尽己所能地不让嘴唇打战、咧开，我抿紧双唇哪怕流血也不愿一笑。

＊

突现的哼唱。

词语在气息中串成了链。图像在夜里组成了梦。声音也随着日子的流逝串成了链。我们也是一种"声音叙述"的对象，它在我们的语言中没有像"梦"一样得到命名。

1　阿刻戎河，位于希腊西北部的伊庇鲁斯地区。在希腊语中意为"愁苦之河"。

我在此把它们称作突现的哼唱。那是在我们行走时出乎意料突现的哼唱，随着行走的节奏一下突现出来。

古老的歌唱。

圣歌。

孩童的驱魔间奏曲。

催眠曲或者儿歌。波尔卡或者华尔兹。团体之歌和流行的副歌。

加布里埃尔·福雷[1]或者吕利[2]的废弃物。

有几只柳条箱在昂斯尼[3]阁楼上的灰尘里，在又干又细的灰尘那呛人的气味里，在从狭窄天窗透进来的光线下。也许那是在祖先乐谱上震荡的石膏灰，这些乐谱是基尼亚尔家族一代又一代写出来的，他们都是管风琴制造商和管风琴家，在巴伐利亚、符腾堡、阿尔萨斯和法国，在18世纪、19世纪和20世纪。他们的大部分作品都被记在一张蓝色的厚纸上。金色从唯一的天窗落下，让人得以看清乐谱，催着人掸去上面的灰尘，敦促着人赶紧把它们哼唱出来。第一个节奏是心脏的跳动。第二个节奏是呼吸和它的叫喊。

1　加布里埃尔·福雷（1845—1924），法国作曲家、管风琴家、钢琴家以及音乐教育家。

2　吕利（1632—1687），法籍意大利作曲家、小提琴家，法国歌剧的创始者。

3　昂斯尼，法国大西洋卢瓦尔省的一个市镇，是作者基尼亚尔的祖籍所在地。

第三个节奏是直立行走时脚步的节拍。第四个节奏是海浪拍打在岸上的攻击性回潮。第五个节奏是从被吃掉的肉上剥下皮，再拉平它、固定它，吸引动物回来，吸引惹人喜爱的、死去的、被吞食的和被渴望的动物时的节奏。第六个节奏是杵在研钵里敲打粮食或其他物体时的节奏。出乎意料突现的哼唱立刻反映出我们的状态，反映出白昼将要编织出的情绪，反映出我们所呼唤的猎物。这就是我们在试听练耳课上教给孩子们的一种叫调号的东西。哼唱会说出身体的空间在哪一种音调上。它会安排升号和降号的数量，这些都得记住，而方法就是白天练曲，直到夜晚有所提高，夜晚将包裹身体和脸庞，但丝毫不会减轻世界的声响。

＊

又急又躁、又气又恼，因为不知道用什么样的名字、标题和话语才能掌控突然重现的哼唱。不知道萦绕着声音的是什么。不知道以何种材质、在何种动机下，一切将突然"编织"，突然"聚结"。好奇心受到了惊吓，因为有一种不可触知的、声音上的反胃，可它却与母乳或呕吐导致的反胃并无二致。悲痛发作，它"攻占"了大脑，随着呼吸的节奏蔓延开来，它攫住心脏，一点一点地攥紧肚子，刺扎着后背——如同接触到突然凑近的热气后"变质"的牛奶。词语是痛苦的，它们有不足，它们在"声音"的空间下"是"缺席的，它们是缺席者，它们一直都不在舌头的"顶端"。不在"海角"上，不在语言的问题上。

不在语言的语言上。

之后，祭司向大海、向情感扔下了声音的替罪羊：扔下语言的牺牲者。服从的人。

＊

我像是古代印度故事里的那个小偷，他一旦要去偷铃铛，就会堵上自己的耳朵。

＊

在将享乐视为人类最高品质的作品中，我只知道这四个作者：伊壁鸠鲁、克雷蒂安·德·特鲁亚[1]、斯宾诺莎、司汤达。克雷蒂安·德·特鲁亚的英雄们结束冒险后会得到享乐作为报偿。但人们一直不确定那到底是什么。欢乐（*Joy*）或许是迫使人们起舞的神奇号角，或许是令人陶醉的兽角，或许是一个游戏，或就是享受。欢趣（*Jocus*）

1　克雷蒂安·德·特鲁亚（约 1130—约 1185），法国行吟诗人，以关于亚瑟王、圣杯的作品而闻名。

是欢腾的游戏。在语言结束时，在冒险收场时，于欢乐中静默，敞向寂静或强制灵魂安静的号角之乐，这就是小说家的目标，一如它也是英雄的猎物。

*

克雷蒂安·德·特鲁亚写有《英格兰之王纪尧姆》。在重逢的宴会上，英格兰之王纪尧姆竟然没注意到自己的妻子：他忽而陷入了"思考"。他看见一只鹿。他吹了十六次号角来追它。他突然大声叫道："呜！呜！布里奥！"这段追唱是纯粹的声音：叫声大得把国王拉出了导致自己叫喊的幻象。当喊声向猎犬迸发、朝着鹿直奔而去后，他才认出妻子的身体，询问她在分开的二十多年里过得怎么样。

这些都是闲暇（*otium*）。是捕食者按照古老习俗建造的空置藏身处。是完全世俗的恍惚。是"死亡间隙"。在克雷蒂安·德·特鲁亚的所有传奇中，它们是被作者意味深长地称为"思想"的事物。思想不是思想体系上的序列。"思想"是"消失"。艾雷克[1]的遗忘在思考。伊万的遗忘在思考。突然失去名字的兰斯洛特在思考。

1　与下文的伊万、兰斯洛特、帕西瓦尔均为克雷蒂安·德·特鲁亚传奇中的人物。

＊

帕西瓦尔倚着自己的长枪。他凝视着落在雪地上的三滴血，慢慢渗入冬季的白色与寒冷之中。克雷蒂安写道："思考越多，自我遗忘也就越多。"

＊

马塞尔·普鲁斯特从中世纪的麻木中镇定下来。《追忆》的叙述者在巴尔贝克大饭店里倚着高帮皮鞋，流着泪，大喊道："鹿！鹿！弗朗西斯·雅姆！叉子！"[1]

＊

勺子碰撞在彩釉盘子上，发出了声响，它想捉住浓汤。在浓汤的烟雾下，绘在彩釉上的画将在浓稠的厚重里被一点点地发现，不过此刻尚未显露。

勺子碰撞着容器，叮当作响。

盘底的鹿在勺子的刮擦中回到了史前。

音乐之弓在回溯。

1　参见《追忆似水年华》卷四，此处叙述者"我"做梦想见外祖母，在梦中和父亲的对话里说了这句话，醒来就忘了具体含义。

哼唱回响着走了进来，带着比白昼还要古老的个体声音分子。非语义的古老之弦在一点点地颤动，和有语义的歌曲协调有致，后者看似荒诞，却让人想起那根古老的弦。只一下，情感就落到了我们身上。一切都突然重又弄乱了身体的所有节奏，但是没有产生任何真正具有意义的事物。

*

麻木。陷入昏厥。昏厥就是不省人事。是耶路撒冷亚那会堂里的圣彼得。是米兰花园中的奥古斯丁，他结合了乌鸦的鸣叫和在迦太基听到的一首古老的儿童圆舞曲，可这支圆舞曲的名字他却没能找到。卡西西亚科姆的圣奥古斯丁失眠了。小溪的低语声不绝于耳，打扰了他。老鼠在啃噬（还有躺在奥古斯丁身旁的利坎提乌[1]，他用一块黄杨木击打着床脚，想把老鼠赶走）。

风声从卡西西亚科姆的栗树叶中穿过。

*

古法语中有一个动词，说的是萦绕之物的敲打。指一串非义素的声音，它们在头脑里轻敲理性的思想，同时唤

1　利坎提乌，此人曾安置奥古斯丁住在自己的别墅，并聘请他担任家庭教师。

醒非语言的记忆。打扰（*tarabust*），它不只是哼唱，也许是可以推荐采用的单词。14 世纪时，喧嚣（*tarabustis*）在克雷蒂安·德·特鲁亚之后被认可了。

"有某种东西在打扰我。"

＊

我在寻找始于语言之前的声音打扰物。

＊

打扰是一个不稳定的词。有两个不同的世界在它身上交织，分别把它扯向自己，因此，这两个世界根据两种形态派生过程将它分开，两个过程相似得连语言史学家都难以判定。打扰这个词本身就有争议，一派认为应取其反复之义，另一派认为应取其敲打之义。在 *rabasta* 派别（争吵的动静，反复之派）和 *tabustar* 派别（击打，*talabussare*，*tamburare*，共鸣器和鼓的族系）之间争执。

或是叫嚷着的人类交媾。或是空心物体的叩击。

在所听之中，声音的萦绕分不出什么是自己一直想听的，什么是自己听不到的。

那是一种无法理解又反反复复的声响。这种声响，我们不知道它是争吵还是敲打，是喘息还是撞击。它的节奏性非常强。

我们来自这个声响。它是我们的根源。

＊

所有女人，所有男人，所有孩子，都会当即认出这种打扰。

鲑鱼沿着河道与生命的流水逆游而上，为的是在孕育自己的产卵地死去。

接着产卵，然后死去。

红色皮肤的碎块掉落在河床底部。

＊

韦尔纳·耶格尔[1]（《教化：古希腊文化的理想》[*Paideia*]，柏林，1936年，第一卷，第174页）认为，希腊语中有关词语节奏的最早痕迹是空间性的。和在弗里吉亚岸边拾起雅典娜笛子的玛息阿一样，耶格尔在阿尔基洛科斯[2]的一个选段中拾起了遗迹：

1　韦尔纳·耶格尔（1888—1961），德国哲学史家、古希腊语学者。
2　阿尔基洛科斯，公元前7世纪中叶的希腊抒情和讽刺诗人。

你怎知是哪种**节奏**（*rhythmos*）把人类盛在了网里。

节奏像容器一样"盛着"人类。节奏没有一丝流动性。它不是大海，也不是波浪在回落、掉下、退去、堆积和膨胀时唱出的垂死之歌。节奏盛着人类，像固定鼓面上的皮一样固定着他们。埃斯库罗斯说，普罗米修斯在铁链的"节奏"中被永远地缚在了石头上。

＊

哼唱迅捷地嵌进人们的心脏，像铁锈嵌进铁器那样。

＊

有些东西，我们甚至都不敢在寂静里、在自己的梦中向自己揭示。幻觉是图像和回忆背后的人偶，靠着它，后者才得以站立。我们虽然害怕看见那些既古老又有些淫秽的骨架，但依然完全服从于它们，我们的视觉集中在这些骨架上，它们也预先构成了我们的视觉。

有些声音结构比这些视觉上的可怕还要古老。对于节奏和声音而言，打扰就是幻觉。

像听觉先于视觉，像夜晚先于白昼，打扰也先于幻觉。

于是，各种最奇怪的想法都有一个目的，各种最特别的口味都有一处来源，各种最骇人的色情癖好都有一条无法抗拒的水平线，各种恐慌则都有一个不变的焦点。

于是，最聪明的动物会被震慑住，瘫软地等待着它们惧怕的死亡。死亡朝它们而来，潜藏在张开着、歌唱着的血盆大口中。

＊

我思想中的东西只属于我自己。

但是我并不属于它。

幻觉是萦绕着的无意识视觉。

打扰是无意识的声音分子，它围攻着我们，折磨着我们，纠缠着我们。

＊

《奥德赛》第十二卷，第一百六十至第两百行。

塞壬在长有鲜花的草坪上唱歌，周围残留着吃剩的人骨。

还在母亲的性器官深处时，我们似乎无法从蜂箱里取出蜂蜡再揉捏起来堵住耳朵。（园子里围着花朵的蜜蜂、暴雨前的胡蜂、卷起百叶窗的房间里的苍蝇，它们飞来飞去嗡嗡作响，在午后日常小憩时最先打扰幼儿的耳朵。）而我们不可能听不到。我们的手脚被捆在基座上立着的船桅上，是迷失在母亲腹部海洋里的小尤利西斯。

塞壬唱歌，尤利西斯叫喊着求大家行行好，解开把他捆在船桅上的绳子，这样他就能立刻投身于将他迷住的震撼之乐。在这之后，他说"*Autar emon kèr èthel' akouemenai*"[1]。

尤利西斯从未说过塞壬的歌声是美好的。作为唯一一个听到致命之歌却没有死去的人，尤利西斯是这样描述塞壬之歌的特征的：它"让心充满聆听的渴望"。

＊

在呼吸过程中，嗓音之声在被聚起又吐出的空气里提取了一部分自己的气息。一切内部"听众"、甚至是未来的呼吸"剧场"，都夸张地表现出身体所经历的情感，表现出身体所弃绝的努力，或激发自己生机的感觉。在声音的构成里，空气和换气是不可或缺的，它们束缚着我们这个紧绷着皮囊的空心乐器。语言的组成里有一个不断吸气、呼气的动物躯体。它在不断地"垂死"。发声之物把自己的呼

1　译文见下段末句。

吸割成两个从未泾渭分明的部分。它屈服于纠缠不休的肺部呼吸，任由这个征服者处置自己的意愿。而且——希腊语中的 *psychè* 仅仅意为气息——它在构建时采用了自己的叫喊、音调、音色、嗓音、节拍、沉默和歌唱。

这种功能性的变形和划分由于一个更独有的特征而得到加强：发声之物听得见自己发出的声音。（至少在它产生后，在它进入空气和气息之后。而且它无法像他人所感知的那样听到自己的声音。就像听者也无法像发声者那样去感知。）这种往复在不断发生，它是一个不断自我重复的游戏，让人得以构造出音高，强度，节奏，咒语，说服，以及形态各异、修辞性的——即个体性的——"令人心碎"的叫喊，"阴郁的"呻吟，"深深的"叹息和"被围堵的"沉默。

"耳朵"在不断地比较着"嘴巴"跟"喉咙"尝试过的事情。

喻体是肺部的"气息"。这就是灵魂与风的关系。之后是与空气的关系，也就是与不可见、声音、天空、鸟的关系。与荷马的燕子的关系。

于是，回响的声音已经成了一场真正的声音比赛的结果。能适应空气的每一种动物都具有各自的哼唱，使自己与其他物种区分开来。每个物种都加入了一种声音系统，在系统中它只扮演被期待的角色，以便通过叠加和否认它能听到的其他部分来与它的"声音家族"联结。我们模仿着模仿中的自己。这不仅仅发生在童年。一种声音交谈、一种回响和一种连续的登场，它们在不断地缔造、打磨和明确嗓音系统中的每一门语言，同样，它们也缔造着声音之林里的每一个声音，向它们发出警报。

＊

鹿发情时的叫声令男性的歌声感到惋惜。在深度上，在令人目瞪口呆的激烈程度上，男孩的变声超越不了它。

对男性而言，鹿发情时的叫声是不可能的歌唱。它是具有辨识度的歌唱，所以对男性而言，鹿发情时的叫声是不可模仿的歌唱，是森林里不可见的秘密。

＊

弦的第七根——在弓上——在风中——也在笛子的一端——是可以被弹奏的。在羽管键琴或者钢琴上，它从未被人听到过。除非有人默念为羽管键琴谱写的作品。不过，听众却相信自己听到了未演奏出的内容。

只需用眼睛，我们就可以"听见"导音[1]。

1　导音，指音阶中对主音倾向性最强的音。

用**眼睛的耳朵**聆听时，我们会升高一些琴键弹奏出的音。

即便面对的是弦乐器，约翰·塞巴斯蒂安·巴赫也喜欢在乐谱上标出与两根不相邻的弦有关的全音符和二分音符，这些音符是只有眼睛才能听见的。

＊

不可演奏的音符，没有声响的声音，只为书写的纯粹之美而写下的符号。

我建议把这些不可演奏的书写符号称为"不可听的音符"，它们让人想起语言学家口中的"无法发出的辅音"（如法语中 sept［七］的 p 不发音）。

＊

男性在变声时，有些歌声是唱不出来的，在这些歌声中，还有一些不发声的元音。众神统治着乌云和西奈[1]，在史前吹入洞口的微风中低语着自己的辅音之名。

也在那一片片森林里（如法语中 daine［母黄鹿］的 a）。

1　西奈，连接非洲与亚洲的三角形半岛。《圣经》中，摩西率众人出埃及，来到西奈的旷野，并在西奈山接受十诫。

※

在数千年的恒河眼中，一切人类历史都只是晌午时分的一道光亮："你听到的一切都像音乐家演奏的片段，演奏前，仆人将齐特拉琴拿去修理，演奏后，老鼠啃掉了乐谱。"

※

人们说，有些雨水在捶打。另一些在击鼓。还有一些在噼啪作响。确切地说，这些用来形容雨水的画面非同寻常——一只鼓、一团火焰、一把锤子，这些都与它们引发的真实印象无关。于是形容画面的本体和喻体颠倒了。

并非雨水在击鼓，而是鼓在召唤雨水。

正如拿着锤子的是雷神索尔。

※

在中世纪，幽灵常常会在回来前轻敲三下窗扉或者门。这声音重现了十字架上那三次钉子的击打声。（而且它预示了我们今天看戏前的三下击打，提醒大家有声有色又喋喋不休的魂灵要登场了。）

亡者在敲击。日本能乐中，这种敲击出现的密集程度令人震惊不已，它的每次出现都无与伦比。

我称之为打扰者的，是世阿弥[1]那只以丝绸为鼓面的鼓：这只鼓在等待一位鼓手，等待鼓手的爱情炽烈到让他能击响一匹丝绸。在15世纪中叶的京都，世阿弥的鼓就是那无法发声的元音。

在恺撒利乌斯·德·海斯特尔巴赫[2]写于13世纪上半叶的一段记叙中，一位死去的父亲习惯了时常回儿子家，使劲地敲打门（*fortiter pulsans*），以致儿子向父亲抱怨，即便他不回来时自己也无法成眠。

＊

世界史上的第一批书写文本（苏美尔文的、埃及文的、中文的、梵文的、赫梯文的）是黄昏。这些歌曲、文字、对话和记叙的特征都是恐怖，以及呻吟着的悲剧性反复。希腊语中，"悲剧的"意为公羊死去时变化的、粗哑的嗓音。绝望支撑着这些最古老的文本，这绝望与它们死亡的终结和命运尽头的废墟一样，是绝对性的。有那么多文本在被死亡和亡者纠缠。被打扰。

1　世阿弥，日本室町时代的能乐大师。
2　恺撒利乌斯·德·海斯特尔巴赫（约1180—约1250），德国中世纪时期西多修道会的僧侣。

人们推测有多少作者，就有多少约伯[1]。

清新，希望，快乐，要等待启示宗教和民族国家的意识形态，才能看见迷人的身影在地平线上显出轮廓：生命的意义，土地的意义，战争的增多，历史的进步，曙光，放逐。

＊

在尧帝的时代里，生活着一位叫作许由的人。皇帝派了一队最出色的大臣到许由那里，想请他接管国家。在密使面前，一想到天子在考虑把领导天下的责任交给自己，许由就感到一阵不可遏制的恶心。

他用手捂住嘴巴，没有做出任何回答。随后他就离开了。

第二天拂晓前，趁着大臣们还在睡觉，他逃走了。

他来到箕山脚下，发现一处很僻静的地方，便想在此安扎。他看到四周有可以遮蔽自己的石头，就把包袱放在其中一块的下面。

然后，他下了山，到河边清洗耳朵。

1　约伯，《圣经》中经受苦难考验并发出怨叹的义人。

※

比起许由，巢父对政务更为鄙视。

巢父住在一间僻静的小屋里，小屋严严实实地藏在树叶下，没人看得见，小屋位于箕山脚下，就在山谷上方。他的财产总共只有一方田和一头牛。他沿着斜坡走下山谷，牵着牛到河边饮水。巢父看见许由正蹲在河边清洗耳朵，脑袋一会儿向右侧，一会儿朝左倾。

巢父走近许由，喊了他好几声后，问他为何这样做。

许由答道：

"尧帝提议让我来领导国家。所以我就仔仔细细地洗耳朵了。"

巢父浑身颤抖着。

他流着泪注视着颍水。

巢父拉着笼头牵走了牛，禁止它再到许由洗过耳朵的河里饮水，因为他的耳朵听过那种建议。

※

在海顿的两支《伦敦三重奏》中，有一个罕见的现象：一些乐句在互相应答，几乎是具有含义的。它们处在人类语言的边界。

没有吼叫的小社会。

作辅音。一次声音上的调和。

＊

甜蜜（*suavitas*）。

在拉丁语中，*suave* 意为"甜美的"。

指的是不会生气的人。不会呵斥的父母。不靠喊叫来
统治的男人。指的是这样的女人，当她们未为人母时不抱
怨自己为人女，当她们不再为人女时不抱怨自己已为人母。

会爱抚的人。

他们的嗓音柔情似水、惬意舒适，像山上融化了的雪
流淌成的小溪，自箕山而下。

不会冒犯的人。

＊

Suasio. 劝服。在拉丁语中，什么是美妙的（*suavis*）？
卢克莱修在第二卷中用新颖的开头对此三次作答。在这三
次里，卢克莱修定义了什么是美妙：

> *Suave mari magno turbantibus aequora ventis et terra*
> *magnum alterius spectare laborem...*

美妙啊，当无垠的大海被风卷起，在岸边看着他人的悲痛。不是指我们看到同类痛苦就感到一种愉悦的快感（*voluptas*）：仅仅是凝视与自己无关的厄运是美妙的。

美妙啊，没有危险地看着战争中的激烈搏斗，在高处观战平原上的对阵。

但是在一切美妙中，最为甜美的（*dulcius*），是住在由哲人的教导（*doctrina*）加固过的卫城里……

几个世纪以来，卢克莱修引用的论据被认为是最为干瘪的、最具说教性的。它们被认为是犬儒主义的或者是不充分的。终曲却揭示了其中的秘密：你们没听到"自然在吠叫什么吗？"自然在吠叫（*latrare*），它不"说"（*dicere*），真实是没有意义的，只有彼此交流的人类才会用幻想和象征性、社会性的制度在对声音的可怕监视中牢牢系住意义。自然的陈述对象不是抱怨和强力的挑衅，而是一种愤世嫉俗的声音、一种犬类的声音：一种在我们的喉咙中先于我们的非语义性声音。*Latrant, non loquuntur*："它们在吠叫，它们不说话。"动物的声音在先，并且于一切意义之前首先让心脏跳动。犬吠的犬吠，这是鹿发情时的叫声。

从结束这段文字的犬吠开始，*suavis*，即美妙，就立刻展现出一种含义，比卢克莱修提出的过于思想体系化、三重功能式的论据要具体得多：美妙远不是他在文中所描述的距离，而是远处传来的声音结果。该文本重复三次只阐述了一件事：我们离得太远，所以听不到。落水者，我们听不到他们的叫喊。我们在岸上。我们看见小小的身影在乱动一气：那是消失在远方海平面上的海上劳工和商人。但是，在四周，我们只听得见海浪拍岸的声响。战士们，我们听不见他们的呐喊，听不见武器在和盾牌撞击，也听不见在谷仓里和田野间噼啪作响的火焰。我们在山丘顶上的小树林里。我们看见小小的身影在地上倒下。在四周，我们只听得见鸟儿的歌唱。在希腊卫城之巅或殿宇之顶，我们也什么都听不见。甚至在鸟类中，只有秃鹫会为了孤独而牺牲群体，为了高飞而牺牲歌唱。我们甚至也听不见犬类自己的吠叫，听不见劳作的吆喝声，听不见在罗马如同本能一般"吠叫"着饥饿的肚子（latrans stomachus），听不见牲畜群归来的踏步，也听不见打鼾似的烟囱：但是听得见微粒在夜间落下时的寂静，听得见书卷的犁沟（paginae）上一行行由字母组成的无声单词。作者（auctor）和读者（lector）一样，都听不见文字（litterae）的叫喊或吠叫。文学（litteratura）是与叫喊分离的语言。这就是美妙。美妙这个概念不是视觉上的，而是听觉上的。距离感无法通过全景的方式获得苍穹特有的快感：它加深了与声音源头的间距。那是寂静的美妙，不是沉默的美妙，而是不说（taisir）的美妙，是远远地消失在恐惧中的吠叫声的美妙。是由空间中的距离组成的隔障。是一种无声的痛苦。是提图斯·卢克莱修·卡鲁斯的一段童年回忆。

＊

枫丹白露。1613 年。玛丽·德·美第奇[1]爱着弗朗索瓦·德·巴松皮埃尔[2]。

圣－吕克[3]和拉罗什富科[4]两位先生都是内里小姐的爱慕者，他们因而不再交谈。巴松皮埃尔跟克雷基[5]打了个赌：他说自己不但能调解他们，还能让圣－吕克和拉罗什富科当天就拥吻。

狄安娜花园铺陈在王后的窗户下。孔奇尼[6]和玛

1　玛丽·德·美第奇（1573—1642），法国国王亨利四世的王后。

2　弗朗索瓦·德·巴松皮埃尔（1579—1646），1622 年出任法国元帅。

3　圣－吕克（1588—1621），曾任马赛主教。

4　拉罗什富科（1588—1650），法国贵族，普瓦图中尉兼长官。其子为《箴言录》的作者弗朗索瓦·拉罗什富科。

5　克雷基（约 1596—1677），法国政客，历任多地伯爵、公爵，亦在军界有所成就。

6　孔奇尼（1575—1617），意大利冒险家和政治家，路易十三的大臣。

丽·德·美第奇一道站在宽大的窗棂旁。他朝她指了指下方的巴松皮埃尔。孔奇尼戴着手套指着四个男人，他们正在比画手势商讨什么，还在花丛里拥吻。

孔奇尼向王后分析道，在从未表现出喜爱同性身体特征的男人之间发生这样的拥吻、宣誓和搂搂抱抱，有些不寻常。

不过，那只是一些在远处比画手势的矮小身影，周遭寂静、清凉，沐浴在初升的阳光中。

孔奇尼轻拍着衣服的花边。他像是自言自语似的低声说，也是奇了怪了，巴松皮埃尔竟然令拉罗什富科活力四射，就像一堆脆弱的木炭需要火焰的救援。他提高嗓门，询问他们是不是在"密谋"。甚至是"搞阴谋"？他补充道，否则这些经常见面的人为何要互相亲吻？

夜幕降临，玛丽·德·美第奇不肯让巴松皮埃尔先生进自己的房门，因为他早上碰了拉罗什富科先生的胳膊，还在自己窗户下的小花园里拥吻了圣－吕克先生。孔奇尼对那些"听不见的话"做出的口头解释获胜了。此外，孔奇尼和俄耳甫斯一样：孔奇尼的身体被巴黎人民撕碎了生吃，所有的钟都在齐声敲响。我会对这些"误会（误－听)"的场景产生由衷的迷恋，而其实它们是"没－听见"的场景。人们在巴松皮埃尔的日记中读到了这桩轶事。我参照弗朗索瓦·德·马莱伯[1]的一封信对此做了补充。我想起洛林人的画作。他那年十三岁（那一年，这个场景发生在枫丹白露的狄安娜花园里）。他的父亲和母亲都已去世。他来到罗马。消失在自然中的人物。他们只有一根手指那么高。他们在画的近景处一起闲谈。可在看洛林人的画作时，我们总是离得太远，听不见。他们消失在光线中。他们在热烈地交谈，可我们只听得见寂静和坠下的光线。

＊

他叫西门，是个渔夫，也是伯赛大渔民的子孙。他本人是迦百农的渔夫。迦百农，意为杂物堆和混乱，在当时是一座美丽的村庄。一位很是像人的神走近小船，叫来渔夫，并决定夺走他的名字，用自己创造的一个姓氏取而代之。他命其离开加利利海。他命其放弃小湾。他命其扔掉渔网。他称其为彼得。[2]这场洗礼来得突然，来得奇怪，开始扰乱和破坏西门一直扎根其中的声音系统。他从此要回应声音上的新音节，要驱逐和埋葬曾经命名自己的旧音节，要抑制情感，要离开童年时一点点加在这些声音上的小寓

---

1 弗朗索瓦·德·马莱伯（1555—1628），文艺复兴时期法国诗人，以清晰的古典风格受到17世纪评论家的欢迎。
2 参见《新约·马太福音》4:18。

言，而有时出现的不自觉或意外的行为在背叛这些事。一阵犬类的吠叫，一只碎裂的陶器，海上的涌浪，斑鸫、夜莺和燕子的歌唱，都会突然让他崩溃、啜泣。据科涅斯·马梅尤斯所述，有一天彼得向加略人犹大吐露了自己对老本行的唯一怀念，那不是小船，不是小湾，不是水，不是渔网，不是强烈的气味，不是鱼儿死于惊跳时鳞片的闪烁：圣彼得吐露道，他对鱼儿感到怀念的，是寂静。

鱼儿死去时的寂静。整个白天的寂静。黄昏时的寂静。夜间捕鱼时的寂静。还有拂晓中的寂静，那时小船在朝着岸边驶回，夜晚一点一点地消失在天际，消失的还有凉爽、星辰与害怕。

＊

30年4月初的一天夜里，耶路撒冷。该亚法的岳父亚那大祭司的会堂。天气寒冷。仆人和守卫坐在一起。他们把手伸向火焰。彼得在他们旁边坐下，也把手朝前伸向火堆，温暖自己瑟瑟发抖的身体。一个女人走了过来，她相信自己在火堆的微光中认出了他的相貌。中庭里（*in atrio*），在冬末与潮湿的薄雾中，白天到来了。一只公鸡（*gallus*）突然啼叫起来，彼得一下就慌了神，因为这声音立刻印证了拿撒勒人耶稣对自己说过的一句话——或者至少可以说，是彼得猛地想起他对自己说过的一句话。他离开火堆，离开那个女人，离开守卫，来到大祭司会堂的门厅，在一处门洞的穹顶下，崩溃地啜泣着。那是苦涩的眼泪。福音书作者马太说，这眼泪是苦涩的。

＊

"我不知道你说的是什么。"[1] 彼得在中庭里对那女人说道。他重复着"*Nescio quid dicis*"。（我不知道你说的是什么。）

女人在 4 月冰冷的深夜里戴上风帽。她说："你的话把你露出来了。"（*Tua loquela manifestum te facit.*）

我不知道话语说了什么。这就是彼得的处境。我不知道语言表现了什么。彼得重复道。那是他的眼泪。我在重复。这是我的生活。*Nescio quid dicis.* 我不知道你说的是什么。我不知道自己说的是什么。

我不知道自己说的是什么，但那是显而易见的。

我不知道你说的是什么，但黎明开始出现了。我不知道语言表现了什么，但公鸡第二次提高了嘶哑又可怕的啼叫，意味着白昼的到来。

1　凡《圣经》相关文字，均参考和合本译文，部分文字据本书文意有所改动。

自然用公鸡的形态来叫着黎明：啼叫的公鸡（*latrans gallus*）。

在门厅下，在夜晚的残留中，*flevit amare*。他痛哭。*amare*，是爱。也同样是痛苦。任何人在说话时都不知道自己说的是什么。

*

豪尔赫·路易斯·博尔赫斯摘录了"布瓦洛译自维吉尔的一句诗"：

> 我说话的这一刻已离我远去。

其实，这是贺拉斯的一句诗。这句诗在《颂歌·十一》的"及时行乐"之前：

> *Dum loquimur fugerit invidia aetas.*
> *Carpe diem quam minimum credula postero.*

（当我们说话时，忌妒世间万物的时间已经逃走。像对待花朵那样采下时日，捏在指尖吧。永远都不要相信明天将会到来。）博尔赫斯提到了一条河，赫拉克利特穿过这条河时，它倒映在了他的眼眸里。比起流淌的水，人们的双眼改变得更少。它们公正地遭受了玷污。没有人事先见过自己涉足的河流。圣路加对背弃场景的处理方式势必比其他福音书作者更具有希腊特色：守卫和使女围成一圈坐在院子中间，围着火。彼得试图融进这个让人想起《伊利亚特》场景的平均主义式的圆圈，努力在人们的紧密团结中温暖自己的身体，而不是在 30 年 4 月的黎明，在死亡里，从火堆升腾的热量里温暖自己。但是圣路加又发挥了一下：他把背弃和眼泪这两个场景紧密联系在了一起。他将两者堆叠起来，像同一个地质层中的两个沉积物，像电力设备中的短路：*Kai parachrèma eti lalountos autou ephônèsen alektôr*。拉丁语为：*Et continuo adhuc illo loquente cantavit gallus*。法语为："而且，就在同一时刻，他正说话之间，鸡就叫了。"[1]

就在同一时刻……（*Dum loquimur...*）公鸡的啼叫是威尼斯的"石板路"，是语言的声音体验中**令人惊恐的铺路石**，彼得在这块石头上跟跟跄跄，像走在自己的名字[2]上似的。宣告黎明的嘶哑啼叫令他沉浸于与自己完全不同

---

1 参见《新约·路加福音》22:55-60。

2 彼得的名字指"石头"。

的另一个境界：耶稣的境界，彼得的境界，彼得之前的境界（西门的境界），西门之前的境界。"不只是你的脸、你的面部轮廓和你的身体暴露了你，"使女说，"你的话也把你露出来了。"用希腊语说就是：你的声音（*lalia*）使你变得可见。用拉丁语说就是：你的话（*loquela*）让你显露出来。在把他暴露出来的声音内部，突然回到自然里无限吠叫的，是语言培养出的一小部分声音，却远不是他背叛[1]的名字（耶稣）和曾经背叛的名字（西门），像是回到动物歌唱更为狭窄的那一层，而在动物的歌唱中，人类语言提取出了自己特殊声音的小屋。某种程度上，公鸡的啼叫是变得"悲惨"的喊叫，定居在新石器时代的小群落，在那里，语言已不再是游牧的、捕食的。

在使女听来，语言至少以三种方式背叛了彼得：口音、加利利地区的形态特征和害怕引起的嗓音变化，彼得被使女的问题打扰而感到害怕。彼得的恐惧被公鸡的啼叫上了镣铐，形成生硬的声音抖动，朝他的渔网里拖进一条比渔夫自己还要年长的声音之鱼，一张总是比光还要年长的面孔，使之与眼泪融合。

所有孩子的面孔都比照亮它的光还要年长。那是新生

1　此句及下文的"背叛"与上文的"露""暴露"为同一法语动词 trahir。

儿的眼泪。

＊

我想补充说明圣哲罗姆做的一个修正。

马可的文本有些奇怪:"立时鸡叫了第二遍(*ek deuterou*)。彼得(*Petros*)想起耶稣(*Ièsous*)对他所说的话:'鸡叫两遍(*dis*)以先,你要三次(*tris*)背叛我。'他痛哭起来。"[1]

哲罗姆修改了马可的文本。他根据其他福音书的异文对上下文进行了统一。4 世纪末的哲罗姆(他迷恋古典罗马文化,迷恋到像十恶不赦的罪人一样忏悔,忏悔自己有时会在夜里梦见自己正愉悦地阅读古老的世俗书籍)立刻敏锐地觉察到故事中有三个值得述说的阶段,并在翻译时将其修正。

1. 哲罗姆的修正完全合理。圣马可遗漏了酝酿感情的第一声啼叫。音乐家和小说家不会忽略这一点,因为要借第一声呼喊在文本空间中召唤出悲怆的效果,而此时主人公尚未听见。

2. 哲罗姆的修正完全不合理。那声啼叫已经重复过了,

1　参见《新约·马可福音》14:72。

它只在第二次时才首次出现，产生出三次背叛，在它内部有一种令人感动的深度，我却无法清楚地明白个中缘由。（对于我所经历的一切，我都有一种难以置信的滞后反应。这是命运［fata］赐予我的唯一天赋。有些感情在我身上体现出来时，已经迟到了若干个小时，迟到了一年，迟到了两年、七年、二十年、三十年。尤利西斯和奥托吕科斯[1]的儿子们一起猎捕野猪时，膝盖受了伤，在空气潮湿的日子里，我才开始感到那处伤口的疼痛。）

＊

有多种福音书文本并不始于 1 世纪。然而在同一历史时期，还是尼禄统治时，佩特洛尼乌斯[2]骑士写了另一个与公鸡啼叫有关的场景。福音书的首批编撰者、重写者和校对者对此有印象，这不是没有可能的。这一页归功于盖乌斯·佩特洛尼乌斯·阿比特那十足的文学才华，在他自杀前几周写就，构成了《萨蒂利孔》残卷的第七十三篇。故

---

1 奥托吕科斯，希腊神话中的窃贼和骗子，尤利西斯的外祖父。
2 佩特洛尼乌斯（14—66），罗马帝国的讽刺作家，61 年任比苏尼亚总督，后进入尼禄私密友人的核心集团，66 年被控叛逆而自杀。

事说的是特里马尔奇奥[1]的宴席。夜深了。特里马尔奇奥下令备上一桌新的宴席，来开开心心地迎接白天。他还说，这场宴席将用于庆祝自己的一个奴隶小情人长出了第一根胡子。

Haec dicente eo gallus gallinaceus cantavit. Qua voce confusus Trimalchio... "他正说着，一只公鸡啼叫了……"特里马尔奇奥当即因这声啼叫而惊慌失措，confusus。之后，情节急速发展。1. 特里马尔奇奥命人在餐桌上洒祭酒。2. 特里马尔奇奥让人浇灭了油灯，避免引起火灾。3. 特里马尔奇奥把戒指从左手换到右手。4. 特里马尔奇奥宣告：*Non sine causa hic bucinus signum dedit...* "这声喇叭吹响了它的信号，肯定有什么原因。可能是哪里着火了。可能有人在附近还魂了。走开！走开！谁能给我把那个厄运的先知带来，谁就有赏。"5. 他话音刚落（比话语更快，*dicto citius*），就有人带来了那只公鸡。6. 特里马尔奇奥下令马上将其献祭（人们把它放到了锅里）。7. 公鸡被吃掉了，祭品被食用了，征兆被吞咽了，命运被避免了（特里马尔奇奥吃掉了不祥的嗓音）。

1　特里马尔奇奥，《萨蒂利孔》中的人物。该作品现存部分的主要情节一般被称为《特里马尔奇奥的晚宴》。特里马尔奇奥是一位富裕的被释奴，宴会则是富人生活的通俗写照。

这两个传奇的情节连起了行动与鸡舍里一只公鸡的啼叫，构成了奇异的镜像。镜子的反射、耶路撒冷的罗马回声、宫殿中特里马尔奇奥与亚那大祭司会堂里彼得之间的双联画，这种对称本就引人入胜，更何况还有一个略显博学的想象，着实不易地把这场宴席挪到了提比略的统治时期，想方设法将它建基于历史。我们可以推测这两个场景发生在同一年。我们可以进一步说是在同一天。我们可以猜想是在同一个时刻。我们也许可以说那是同一只公鸡。

＊

赖内·马利亚·里尔克写道，回忆不会真正成为回忆，除非它们离开头脑的空间，远离使自己变形的图像，远离不依不饶地想把自己保持在一定距离之外的词语表象。除非一段回忆开始时，恰好碰上了通过努力埋葬它来忘记它而付出的努力。于是，回忆找到了回到我们身上的力量，遗忘之河的水流淌如故，没有词语，没有梦，没有圣像，它回来的形式是动作、癖好、卑劣的行径、鸡舍、烹饪好的菜肴、突然想呕吐的欲望、昏厥、打扰和无法解释的恐惧。彼得失去了名字和意义，在4月初黎明中的第三次鸡叫时起身、流着泪，突然离开中庭和火盆，站在该亚法岳父住所的大门角落里。彼得真正的回忆，是啜泣的咸水，是摇晃的背部，是白昼突现的寒冷，是吸着气的潮湿鼻子。是大气中一条鱼的嘴鼻。在第二个名字之下，这块"石头"的"最后的晚餐"，是水和盐。与特里马尔奇奥的宴席截然不同，圣彼得的晚餐是眼泪。在奥古斯丁笔下，这是赐福的意象："我日日夜夜吃着自己的眼泪做成的面包"（《〈诗篇〉诠释》[Enarratio in Psalmum]第一百零三篇）。彼得一直都把黎明与眼泪联系在一起。拉图尔[1]的展现稀奇古怪：火炭上的葡萄枝，一只肥胖的公鸡。乔治·德·拉图尔更接近特里马尔奇奥。在拉图尔的画中，圣彼得的身体很奇怪，不是直立的、成年的，也没有俯视那位使女、逃避她，而是年老的，蹲着的，像被压扁了似的，身高如孩子一般，用膝盖抵着下巴，像旧石器时代里用驯鹿的筋腱捆绑起来的死者，蜷缩成胎儿的形态，期待着在图腾之兽的毛皮荫庇下第二次出生。

*

圣彼得的眼泪，尽管我努力将它在眼前展现为一种更加罗马式的场景，但我却只能用巴洛克的手法来塑造它，

1　拉图尔（1593—1652），法国巴洛克时代的画家，以绘画用烛光作为光源的晚景闻名，题材主要为宗教画和风俗画。

把它放置在亨利四世或者路易十三的统治时期。那是冬日里卢浮宫的一处灰色庭院，或者是鲁昂一处多雨的庭院。又或者是拉图尔在吕内维尔[1]的一处潮湿冰冷的庭院。

1624年，乔治·德·拉图尔以650法郎卖出了《圣彼得的眼泪》。克利夫兰博物馆收藏了日期标注为1645年的《圣彼得的眼泪》。拥有美索不达米亚之神般圆眼的公鸡，和围着殉道使徒的老葡萄枝，构成了拉图尔极其难得愿意绘出的对自然的表现（他不把人纳入自然表现的范畴中。啼叫的公鸡和燃烧的葡萄枝属于死亡之物）。16世纪末，在马莱伯的《圣彼得的眼泪》中，语言抛弃了夜间的话语。如果说羞愧与一切黎明曾与夜之黄昏一同出生，那么与白昼一道而来的则是寂静：

> 天已大亮，烦恼的使徒
>
> 更是羞愧，提醒自己不能吐露。
>
> 他的话语疲倦了，必要时就会离开。
>
> 他环顾四周，没有一个人看到自己。
>
> 可是灵魂带来的悔意
>
> 足以见证没有证人的伤害。

1　吕内维尔，位于法国东北部洛林境内，拉图尔去世的地方。

＊

放弃放弃之物。放弃放弃之人。有廉耻心的羞愧，在爱情痛苦中朦胧的羞愧，先于夜间拥抱的羞愧，喜欢阴影、内疚、遗物、歌曲、眼泪、绉布、头纱和黑色的羞愧——过去，人们把这项活动称为哀悼。法语单词 deuil（哀悼）来自拉丁语的痛苦。拉丁语痛苦（*dolor*）来自被打败。古罗马人对"头痛"的有力表达是，*caput mihi dolet*（脑袋在打我）。那是血液的敲打；脉搏是音乐在打节拍。这敲打就是打扰，因为它先于肺部呼吸。头痛，是冥想的击鼓，想着一种小表达或者一段小回忆，这段小回忆开始打扰一种人的气息，此人因头痛而呼吸愈发困难。这种头颅特有的紧缩最终获得放松的方法，是要寻找牺牲者的名字，他的皮被拉扯在那面精神的小鼓上。因为打扰的深处和酒壶里的渣滓，是堵塞，甚至在窒息之前。是死亡，不哀伤的死亡，是人们在夜间抑制不住的对死亡的意愿。以头痛的形式回来的，也会以噩梦的形式回来。死者背叛了我们、抛弃了我们，而我们也在不停地背叛死者，因为我们活着。我们怨恨死者，不仅因为他们死了，还因为死亡本身，他们是死亡的见证，直到我们身上为生死两者而搏动的血液在疼痛。"你为什么抛弃了我？""我的神，我的神，为什么离弃我？（*Deus meus, Deus meus, ut quid dereliquisti me?*）"即便是神也会朝死亡吼出这声叫喊。抛弃（derelictio），这就是"哀悼的叫喊"，是痛苦。这叫喊比1世纪还要古老，也比30年4月7日的那个星期五还要古老。这也是圣彼得发出的叫喊，那时，耶稣已经喊过了，彼得在耶路撒冷该亚法岳父的中庭门下意识到了自己的背弃。他刚刚抛弃了不久前抛弃自己的人。鸡舍的歌唱，幼年的歌唱，比终有一死的认识还要遥远的歌唱，比习得语言还要遥远的歌唱，遗物的歌唱，这古老的歌唱是时间中的距离，在一种嘶哑的声音下变得敏感，黎明栖于一只家禽的喉咙里，而家禽却奇怪地穿越了时空：

> 它的嗓音尖利刺耳；
> 头顶上有个肉块；
> 腾空而起只需振翅一拍……[1]

一听到这声音，西门便在第二个名字的石头下战栗，在岩石的外壳下颤抖，在石头门厅里啜泣。他背弃的不仅仅是上帝；他背弃的是他自己；在抛弃迦百农的渔网，把

1　出自《拉封丹寓言》中的《小公鸡、猫和小老鼠》一文。

小船扔在约旦河时，他抛弃的是他自己；是可怕（*horror*）和魔鬼（*daimôn*）突然一同惊跳，而魔鬼本身就与他结为一体，他在过去也背弃过它。

他抛弃自己的姓名时，抛弃的是他自己。

在彼得的耳朵里，很奇怪地回荡着公鸡的啼叫，上帝把他献给了那块石头，这块一直不平整的铺路石总是先于人类对语言的掌握，先于音乐的门厅，先于音乐的门槛，并在事后化作眼泪：当声音成为纯粹的激情，这激情既悲惨、压抑，又窘迫、疯狂。声音的黎明，是非语言的符号。原初的激情回来了，声音的夜晚，耳朵竖起在声音的夜晚、声音的丛林和夜间的洞窟里，在洞窟里，当入会仪式变换时，当人们在大地黑夜一般的深处迎接自己的死亡与重生时，他们曾举着火把和盛满油脂的灯前进。这是身体被突然扔向节奏和叫喊前的恐怖，之后，身体出现在母亲张开的两腿之间，在大腿的岸边，在秽物的沙滩上，在尿液的湖水中，在让鱼类窒息的大气里——在声音的迦百农，它将不断前行，直到在死亡的呼气中发出最后一声啼哭。

＊

奇怪的是：音乐在保护声音。巴洛克音乐的初期作品被一种愿望缠绕着，想脱身于声音的吠叫，源自专属于人类语言及其情感（affetti）组织的抑扬顿挫。歌剧的创造来自对情感重生的愿望、对变声或声音挑选的愿望、对声音祭奠的愿望。我把欧洲从 17 世纪初直到 18 世纪上半叶具有强烈调性的自然音阶看作曾经最美的事物之一，虽然它们的存在如此短暂。有一种绝对的美——它那么偶然，即刻就被剥夺了未来。它在我心里的地位，等同于罗马的讽刺诗（satura）、创造于希腊和罗马的历史体裁、波尔多地区的红葡萄酒、圣彼得的一片烤鱼、中产阶级的个人主义以及威廉·莎士比亚的悲剧。

*

人们说，老去的圣彼得再也忍受不了公鸡。甚至连家养的斑鸠、小鹌鹑、鸽子、绿头鸭和没人会去惊扰的乌鸫——一切可以唱歌之物，一切在罗马那座宫殿的庭院里会歌唱的生物，都会被处死。科涅斯·马梅尤斯记载道，他要求弗西娅·卡雷利亚用染了蓝莓（vaccinia）果浆的布把它们勒死。此事发生在他被关押在马梅尔定监狱之前，也就是在小塞内加自杀之前。那时，圣彼得（Simo Petrus）生活在一座大宫殿里，宫殿损毁严重，位于罗马，在 1 世纪 60 年代初期归他所有。他开始不怎么出名了。圣彼得与吕坎[1]、塞内加、年轻的西班牙人马夏尔[2]共进晚餐。人们也看见他出现在昆体良家、瓦莱里乌斯·弗拉库斯[3]家、普林尼[4]家。科涅斯·马梅尤斯说，在生命的最后一段日子里，他再也忍受不了玩耍的孩子和祭礼的歌唱。有一天，他用鞭子驱赶了一群上了年纪的女贵族，当时她们刚刚皈依基督教，一直在庭院里闲聊，发出刺耳的叫喊。宫殿沉浸在寂静里，窗户被帷幔蒙上。内宅的门被一根横梁固定，好几件高卢斗篷缝在一起，用以减弱声音。弗西娅·卡雷利亚做了小小的毛塞，日日夜夜挂在圣彼得的耳朵上。

---

1 吕坎（39—65），古罗马诗人。

2 马夏尔（约40—约104），拉丁语诗人。

3 瓦莱里乌斯·弗拉库斯（？—约90），拉丁语诗人。

4 普林尼，此处指老普林尼（23—79），古罗马作家、自然学家，著有百科全书《自然史》。

论 二

耳朵没有眼睑

所有在包裹物上钻孔的声音都是不可见的。无论是身体、房间、公寓、城堡，还是有围墙的城池。它不是实物，能跨越所有障碍。声音无视皮肤，不知道界限为何物：它既不是内在的，也不是外在的。它是无限的，不可定位。它不能被触碰到：它是捉不住的。听觉和视觉不同。所见之物可以被眼睑消除，可以被隔板或帷幔阻挡，可以因城墙而即刻变得无法抵达。所听之物既无视眼睑，也无视隔板、帷幔和高墙。它没有界限，谁都无法躲避它。声音的视角是不存在的。对于声音而言，没有露台，没有窗户，没有主塔楼，没有堡垒，也没有全景视角。听觉里没有主体和客体。声音涌了进来。它是侵犯者。在个人的历史进程中，听觉是最古老的感知，甚至先于气味，远先于视觉，与夜晚达成结盟。

*

被动性（不可见的强制性接受）的无限建立在人类的听觉中。我把这个观点归结为：耳朵没有眼睑。

*

听到，是远距离地被触摸。

节奏与振动有关。基于此，音乐使两个并列的身体不由自主地亲密起来。

*

听取，是服从。听在拉丁语中是 obaudire。obaudire 在法语中派生出了 obéir（服从）这一形式。听觉，audientia，是一种 obaudientia，即一种服从。

孩子听到的声音并不诞生于他出生的那一刻。在能发出声音之前很久，他就开始服从母亲的奏鸣曲，或者说那奏鸣曲至少是不可知的、先于存在的、女高音式的、震耳的、热烈的、包裹的。从谱系上说——在每个人的谱系边缘——服从这一行为延续了生育他的拥抱中性活动的不间断演奏（attacca sexuelle）。

有一种多重节奏，它是身体的、心脏的，然后是吼叫的、呼吸的，接着是饥饿的、叫喊的，继而是运动的、牙牙学语的，随后是语言的，它是被习得的，却看起来像是自发的：虽然启动时是自愿的，但这些节奏更具有模拟性或者说这些学习更具有传染性。声音永远不会完全摆脱引发它、又因它而增强的肢体动作。舞蹈使音乐具有节奏性，音乐永远不会与舞蹈彻底分开。同样，对声音的听觉从来没有离开过交媾、胎儿的"服从"（obédiente）培养以及语言的附属性约束。

*

面对发声体，每个人都失去了密封性。声音立马（illico）就能触到身体，好像在它面前，身体不仅是裸露的，还被剥了皮肤。耳朵，你的包皮在哪里？耳朵，你的眼睑在哪里？耳朵啊，哪里有门，有百叶窗，有薄膜，有屋檐？

从出生前直到死亡的最后瞬间，男男女女都无时无刻不在听着。

听觉没有睡眠。这就是为什么叫醒睡眠者的设备会求助于耳朵。听觉不可能在环境里缺席。不存在声音之景，因为风景存在的前提是可见物前的间隔。而发声体之前却没有间隔。

声音是不会自我欣赏的国度。是没有风景的国度。

∗

在睡眠中，面对无意识被动性的到来，听觉是最后一个妥协的感官。

∗

音乐既不思考自我，也不凝视自我。

音乐即刻就在韵律的物理输送中传达至演奏它的人和忍受它的人。

∗

语言中的听者是一位对话者：言说自我的能力支配着我，也支配着开放式的可能，让我时时刻刻都能够去回答。音乐中的听者不是一位对话者。

他是一只落入陷阱的猎物。

∗

声音体验总在个人之外：它同时先于内在和外在，它被附了身、有输送功能，就是说它既惊慌失措又有自我知觉，它控制住四肢，控制住心脏搏动和呼吸节奏，既不被动也不主动；它在变更；它一直都在拟声。只有一种非常奇怪、特别的人类变形：习得"母"语。

这是人类的服从。

音乐的考验完全是不由自主的。

噪音的产生和听到是同步的。

＊

音乐的客体，它摸不到，闻不见，到不了，看不见，是非义素，是不存在。

音乐在塞壬的恐慌召唤中呼喊着死亡，它比这死亡要更虚无。

＊

耳朵是唯一一个眼睛看不见的感官。

＊

声音像镜子一样，照出我们自己的像，这图像的位置可以确定，是对称的、颠倒的，可声音里却空无一物。拉丁语中，映象叫作 *repercussio*。镜子里的像是一个可确定位置的模型。一个木偶或者一个稻草人。回声不是一个声音模型，不是一幅肖像。回声不完全是一个展示物

（*objectus*），不是朝人们投去的映象：它是一个声音反射，听到的人靠近时不可能不会破坏它的效果。

没有一面声音之镜能让发声者自我凝视。动物、先人、上帝、不可见的声音和早产孕妇的嗓音，在这镜子中即刻说了话。先是洞窟，再是史前用巨石建造的死者之城，再是殿宇：它们都从回声现象开始展露自己。在那里，声音的源头是无法追溯的。在那里，可见与可听是矛盾的。像在闪电与雷鸣之间。第一批研究听觉与视觉之矛盾的专业人员形成了一对萨满组合。

语言学家和持鸟者。

＊

临死时，那喀索斯跳进眼前自己的倒影中。他打破了距离，视觉导致的距离，将可见与幻想分开的距离。他深陷于位置确定的像，直到把它变成自己的坟墓。河水是他前行的母亲。

垂死的回音女神厄科瓦解了，她散落在岩石上，身体从一处岩壁回荡到另一处岩壁。厄科没有在死亡中聚集起来：她化作了每一座山，又不在山里的任何一处。

＊

无意识和无限定是神圣的属性。声音的本质是不可见，没有确切的轮廓，有能力对不可见者说话，或者能让自己成为无界限的使者。

听觉是唯一一个可以感知普遍存在性的体验。

这就是为什么众神的拼写有着同动词一样的结尾。

＊

萨满教是对灵魂的追捕，灵魂在动物之间跳跃，跳跃在两个世界的双重无限里：可见的世界和夜晚的世界，意即真实的世界和梦中的世界。这场追捕是一趟注定会返程的旅行。这就是旧石器时代的罪行：有能力带回猎物，这种猎物就能让自己成为捕食者的捕食者。

优秀的萨满是懂腹语的。动物侵入以它的叫声呼唤自己的人体内。神进入神父体内。是动物在骑行，是精神在将主人置于附体状态。萨满在和它斗争。它成了萨满的猎物。萨满成了装着神的盒子。不是他在模仿野猪：是野猪在他身上嚎叫；是羱羊在他身上跳跃；是野牛在紧跟着他的舞步。优秀的巫师是会吞食动物的腹部，而他杀死并吃掉的动物在这肚子里说话。洞窟也同样有会说腹语的特征：它是嘴的回声，这张嘴在大地的腹部里吞食了熟悉兽类的人。

在约拿[1]体内。

＊

兽性的腹语，跳着舞的模仿要先于驯养：动物的主人是日后的驯化者。经过首次专业化后的猎人成了萨满：这位猎人的专业是追捕气息、嗓音、幻想、灵魂。这个专业化过程一直都很缓慢，一直都在发展：先是掌控动物的语言，然后掌控年轻猎人对动物语言的启蒙，接着掌控死亡和重生，最后掌控疾病和痊愈。无论在旅途中遇见何种气息，萨满都能将它带回，并在音乐附体结束时让它落在人群中间。

＊

腹语、通灵口才、说动物的语言、仅仅"用语言"说话，这些只是一对萨满组合里一位成员的特征。乔治·沙拉希泽[2]记载道，高加索的格鲁吉亚人把附体时说话的人称为"语言学家"，而把拥有可见物的人叫作"旗手"。

---

1 约拿，《圣经》中曾被吞入鲸腹的先知。
2 乔治·沙拉希泽（1930—2010），格鲁吉亚裔法国语言学家、历史学家。

附体的语言学家在既不明白也不解释的情况下，陈述着灵魂借自己之口说出的内容，有动物的灵魂、人的灵魂、元素的灵魂和植物的灵魂。旗手能看到这些灵魂以鸟、以幻象的形式出现，却听不见它们。他一直在远处坐着。他好像在寂静中与栖息在旗杆上的鸟儿说话——可没有人看到它们在那儿放下自己的脚爪——鸟儿们用图像为他描述出旅行中的所见。

　　萨满组合使语言学家和旗手对立起来。这是一场交叉追捕，一场不只有一对舞伴的交叉舞。是俄罗斯童话《灵敏的耳朵与锐利的眼光》。是歌者与通灵者[1]。是和预言者相对的神谕。

　　是雷鸣与闪电。

　　是耳朵与眼睛。

　　被附体的耳朵转移到了复述的嘴巴上，这只耳朵是一场口头肉搏，对手是超越语言之物，或是语言的他者，又或是先于人类语言的所有语言："在那个动物会说话的时代。"

　　被雷击的眼睛是一场在夜晚世界中的旅行，那里有梦境中的幻象，有洞窟里的彩色图案，有突然重现的死者。

1　voyant，此词作形容词时有"能看的"之意。

＊

每次经历暴风雨都感觉如同置身于深海。每次身体战栗、心脏颤抖时，都感觉像在闪电与雷鸣的间隙里。

眼睛与耳朵不同步。

雨水被引来有双重因素。

在雨夜厚厚的乌云下，闪电带来的感知和雷声带来的听觉，两者之间互相独立，引发了对间隔性时间的等待、害怕和计算。

而最终，雨水像一位萨满一样落到地上。

＊

令人心碎的叫喊，这就是深海的呼唤。

深海的呼唤有两个器官：听觉上的和视觉上的，还要加上出生、交配与死亡。

我们生活在悲怆又短暂的急迫中。短暂，意味着始终都是原初的。

始终都是服从的。

古希腊人说，神将器官赋予人类是为了回应海角和源头洞窟中来自深渊的呼唤。品达在《皮提亚颂歌》第十二首中说：雅典娜将笛子赠予人类，为的是散播他们的哀号。

勒·库桑也说："痛苦（passio）先于认知。眼泪先于本体：泪水因未知而哭泣。"

音乐是什么样的器具？

音乐的原初音准是什么？为什么会有乐器？为什么神话会在意自己的诞生？

为什么会有人类音乐会？1. 有集体的。2. 也有圆形的或者近似圆形的。在希腊语中，神奇的圈叫作 orchestra。听觉的圈或者舞蹈的圈在空间里具体化了在那个时候（in illo tempore）刻在时序中的东西。

*

吠陀文本中有一种奇怪的计算，认为加在神之话语上的人之话语只占整个话语的四分之一。

同样，《吠陀经》（Vedas）断言，在运载肉身（soma）的马车进入祭祀场的那一瞬间，轮子发出的嘎吱声是一种比最有远见的智者所说的最为深刻的格言还要重要的话语。

非文字的话语在引申义和真理性上都比发音清晰的话语要宏大。

除非有这样一种情况：后者极其稠密，并最终收缩成一口气息，因为此时，祭祀到达了言语本身，使它像牺牲者一样脱了臼。

※

音乐在萨满教中有一个明确的功能，而且只和语言学家有关：它是开启附体的叫喊，像呼吸在出生时由叫喊开启一样。在苏拉威西岛[1]，萨满被称为锣或鼓，因为正是锣或者鼓让冻僵的话语（灵魂嗓音的动物性嘶哑，这些灵魂突然闯入了先知的身体）破壳而出。

※

既不在内部也不在外部，没有人能在音乐的展示中清楚地区分出什么是主体的，什么是客体的，什么属于听觉，什么属于声音的产生。所有童年都有一种担忧，在身体那些激动人心又很快令人羞愧的动静中，不知如何明确哪些是自己的，哪些又属于他人。

没有划定任何界限的声音减弱了耳朵的个性，直到将耳朵献给了群体。这就叫作：扯住耳朵。国歌、市立铜管乐队、宗教圣歌、家庭歌曲，它们确定群体的身份，团结起当地人，奴役了客体。

服从者。

1　苏拉威西岛，印度尼西亚东部的一个大型岛屿。

音乐没有界限也不可见，它似乎是所有人的嗓音。也许并不是音乐在召集，因为没有音乐能够当即调动气息和血液。灵魂（肺部活动）和心脏。为什么现代人越来越多地在音乐会上、在越来越宽敞的大厅里听音乐，却忽略最新的私人播送与接收？

*

甚至是最高雅、复杂、坚决独立的音乐，也在自己最根本的传奇中表现了集体的意识：至少是两个永恒的朋友相遇了。

一对。

*

《吕氏春秋》中有这样一则故事：文人俞伯牙琴艺了得，但是只有一位叫作钟子期的穷樵夫能明白他的曲子和技法所表现的情感。

他来到树林与他会面。樵夫靠朋友在树枝和阴影中的琴声辨认方向。

钟子期死后，俞伯牙砸碎了自己的琴，因为没有耳朵会聆听自己的乐曲了。

＊

在曹雪芹的《红楼梦》里，林妹妹向宝哥哥透露自己曾学过古琴。唉，她没有坚持弹下去。古语云："三日不弹，手生荆棘。"她于是向宝哥哥解释音乐的深刻本质是什么。乐师师旷在弹琴时，风起雷作，唤来了龙和十六只两千岁的玄鹤。但是音乐的种种目的都可以归结为一个：吸引他者。正如俞伯牙在林间吸引了钟子期。音乐因呼唤他者而产生了禁忌："琴者，禁也。古人制下，原以治身，涵养性情。"若要弹奏这乐器，要点在于选择位于高斋或层楼之顶的独室，或者是林间、山顶、水涯边的一个隐僻之处。所有音乐都要在夜晚奏响。需懂得把握夜间时分，当天地融为一体、风儿清新、月光皎洁之时，盘腿而坐，心无所虑，脉搏平稳而缓慢。所以中国古人意识到，遇见一位知音难而又难。若是没有知音，倒不如在野猿老鹤面前享受音乐。需以秘法梳头，依着规矩穿戴，方能不失对古乐器的尊重。

要一直等到弹奏的欲望不可遏制。

此时，乐师盥手焚香，持琴，放在案桌上，心头正对着第五徽的位置。

演奏者先是敬重地于寂寞中回想曲调。他看着月亮。

又把目光转向黑夜。

于是，当乐师的手指在流动，在舞翩跹时，音乐才能从乐器的内心涌将出来。[1]

*

欧洲的弦乐四重奏。

四位男子身着黑衣，脖子上系着蝴蝶结，用马鬃在木质琴弓上、在羊肠上费尽了力气。

*

音乐是人类亏欠时间的报酬。更准确地说：亏欠的是产生节奏的死亡间隙。

音乐厅是年深日久的洞窟，时间是它的神。

---

1 见《红楼梦》通行本补佚第八十六回："若要抚琴，必择静室高斋，或在层楼上头，在山林里面，或是山巅上，或是水涯上。再遇着那天地清和的时候，风清月朗，焚香静坐，心不外想，气血和平，才能与神合灵，与道合妙。所以古人说'知音难遇'。若无知音，宁可独对着那清风明月，苍松怪石，野猿老鹤，抚弄一番，以寄兴趣，方为不负了这琴。还有一层，又要指法好，取音好。若必要抚琴，先须衣冠整齐，或鹤氅，或深衣，要如古人的像表，那才能称圣人之器，然后盥了手，焚上香，方才将身就在榻边，把琴放在案上，坐在第五徽的地方儿，对着自己的当心，两手方从容抬起，这才心身俱正。还要知道轻重疾徐，卷舒自若，体态尊重方好。"

＊

为什么听觉是非此间之物的大门？为什么听觉世界自原初起就拥有进入另一个世界的特权？生命是否更关乎时间，而非空间？它是否更关乎语言、音乐和夜晚，而不是太阳每天都照亮的缤纷可见之物？时间是生命特有的绽放吗？听从又是生命的幽暗之花吗？时间是生命的射击吗？音乐、语言、夜晚和寂静是它的箭吗？死亡是它的靶子吗？

＊

对耳朵来说，回到灵魂里的是语言的含义（概念 [noèmata]、思想、嗓音引起的幻想），而不是话语的内容。因此，这场回归是一种寂静，摆脱肉身的话语陷入其中。语言领会是一种寂静，话语在其中坍塌，以思想的形式日趋衰竭。

作为缺席之物的嗓音，语言通过烧灼听觉把自己也变成了缺席之物——成了捉不住的幽灵，一旦物质的包裹层消失，就立刻从话语中突现。它不再是一种语言符号，而是一种认知感觉。这就是理智（noèsis）特有的牺牲，它本就来自牺牲（在这一过程中，动物被屠宰、被分割，以此献出自己的力量，同时，它的分割与分配构成了社会现状）。至少在语言听觉中，语言伸展开来，摆脱了完全应用于社会的生理上的声带，以此成为无声的声带，并内在于因自己而有了生气的每一个灵魂。

因为语言在意指。

非义素语言（音乐）所带有的含义只是它本身，也就是把血液和气息立刻召集到身边。

在这个意义上，语言服从可以变成个体的，而在语言服从里产生的思想则挣脱了发声体。

思想可以变成缄默的沉思。

*

沉默，首先是摆脱耳聋。因为耳聋，我们听不见自己身上的语言，交谈者也完全浸没在社会性、节奏性和仪式性的圈子（circulus）里。语言在说话时从来都听不见自己：它在自己听到前就出现了。交谈者张开嘴，敞开着呼出之失，言辞的玩偶之声向前逃逸。

听者则闭着嘴巴：他打开了自己的耳朵。

在交谈者的话语中，语言自我沉迷，几乎只是一个人在说话，任何情况下都很难听到自己。克莱斯特[1]对此做的思考叫作《独白》。德福雷[2]据此书写的叙事叫作《话痨》。在词组中，语言是自己的幻影。言说是一种不可弥补的外露的窘困。语言在思考交谈者与他的思想。

听者在听。

没有一种深入的聆听不会损毁说话者：他暗淡下去，面前是交谈的内容，是借助话语在他身上突现又最终回到听者身上的移动之物，产生的原因一方面是声音的源头在空气中消失，另一方面是重新捉住所说内容的缄默，这内容在自身内部衰竭下去。

于是，聆听的人不再是同一个人，并在思想上产生了真正的混乱。

我所说的是一种真正的听。也就是一位真正听者的服从。

在真正的听里，我认为只有两种是人类所知的：1. 小说的阅读，因为阅读一篇随笔不会中止身份、中止怀疑；2. 严肃音乐，这种曲调（melos）的创作者受过沉默的个人语言启蒙。这两种听觉形式的寂静自由处于在整体上和个体

1　克莱斯特（1777—1811），德国诗人、剧作家、小说家。德国著名的文学奖项"克莱斯特"即来源于他的名字。

2　德福雷（1916—2000），法国作家，也是作者基尼亚尔的伯乐。

上都会受到影响的位置。陈述消失了，接受在动摇，并融入源头，混乱诞生了，而身份的丢失则做了见证。

*

读兼好法师[1]的选段时，读写出了《朗塞生平》的夏多布里昂时，我们不会口诛笔伐；灵魂被征服了；一种被动性在寂静里诞生；与形象、主题或时代有关的言论，像是神话或者传奇的属性；我们阅读美；我们忘了论据，我们只追求精神上的混乱，只追求思维的感知（aisthèsis），不再去追求语义的、主题的、思想的、视觉的和沉思的认知。

*

希罗多德写道，女人解开自己衣裙的同时，也放下了自己的羞涩。在伴侣迈出第一步拥紧她们之前，情欲就已经占有了她们。听者放弃口述的同时，也放弃了身份：他们制造了寂静。对于小说读者和音乐听众而言，他们用来放置双脚的地面是寂静的制造者。潜水员闭上了嘴，潜入寂静之海。

1　兼好法师，即吉田兼好（1283—1350），日本南北朝时期的歌人，著有《徒然草》。

※

但是耳郭不会折叠起来打断听觉，不似眼睑能低垂下来将视觉暂停，也能抬起来将视觉恢复。

普鲁塔克写道："人们说自然让我们拥有了两只耳朵和一根舌头，是为了让我们少说多听。"

自然先是"听到"了寂静，之后才去创造，动物和几个人。

和嘴巴里的一根舌头相比，我们的耳朵多出来了一只。

普鲁塔克最后写道，耳朵像是有缺口的瓶子，很是神秘。

※

书写者就是这奥秘：一位在倾听的交谈者。

※

服从的书写。

服从的：因为听从于一个不可预见又冷酷无情的身体。

着了语言之魔的人，这准确定义了作为猎物之猎物的萨满。

＊

普鲁塔克记载道，狄俄倪西俄斯[1]在看戏剧时，被一位齐特拉琴演奏者的精湛技艺所折服，后者奏完乐曲后，这位叙拉古的僭主朝他走去，承诺给他金子、衣衫和奢华的陶器。

第二天，演奏者来皇宫找狄俄倪西俄斯。他在大殿里受到了接待。演奏者致敬后等待暴君示意。但是狄俄倪西俄斯也在等。演奏者决定开口说话，谦恭地请求君主赐予自己他在前夜听曲之后承诺赏赐的礼物。

僭主从金宝座上站起来，微笑地看着音乐家。他低声说自己已经给了他。随后，他把视线从齐特拉琴演奏者的双眼上移开。狄俄倪西俄斯的目光停在了地板上。他没有转头，继续说道：

"既然你已经用歌曲给我带来了幸福，那我也用希望给你带去同样的快乐。"

1　狄俄倪西俄斯（前430—前367），古希腊叙拉古国王。关于这位僭主，最有名的传说莫过于达摩克利斯之剑。

＊

维柯说，人是被雷电从惊愕中拽出来的动物。第一个视觉信号是闪电。第一个声音信号是雷鸣。这就是维柯眼中语言的原初。闪电之火和轰鸣的声响是最初的神学（*theologia*）。树林掩藏着信号、遮盖了声音的源头，罗马的林中空地叫作 *lucus*：眼睛。洞窟叫作：耳朵。《新科学》这样描述变回树林的人类城市：林中空地的眼睑重新合上了。

＊

当夜幕降临，有一个寂静的片刻。这一片刻在鸟儿沉默后突然来到，它蔓延开去，直到青蛙唱起了歌。雨蛙喜爱午夜，同样，公鸡和大部分鸟类都喜爱在升起的阳光中建立自己的声音领地。虽然阳光不会"自己"升起，但阳光能"举起"大地上的可见物与天空的周遭。

音量降低得最快的瞬间不在夜晚，而在黄昏。那是听觉的最小值。

潘是正午寂静的奇怪爆裂声。这位芦笛之神在中午便会沉默，那时正是沉默在视觉的最大值。

这些就是这个世界的背景。

黄昏是自然秩序中的"声音零点"。实际上，它并不是一个零点，也根本不是寂静，却是自然特有的声音最小值。人类在不断地服从。就本体论而言，声音最小值的定义是：啁啾声和蛙鸣声之间的界限。是寂静时分。寂静丝毫没有定义出声音的缺乏：它定义了耳朵最警惕的状态。在声音和沉默展开的源头，人类不值一提，在光亮和阴暗的原初，也是如此。耳朵处于最警惕的状态是在夜晚的开端。那是我喜欢的时光。是所有我爱独处的时光中的一个，我更喜欢独处。那是我愿意死去的时刻。

论 三

关于我的死亡

火葬前、火葬时、火葬后，都不要有音乐。

连一只挂在笼子里的知了也不要有。

如果在出席者中，有人哭泣或者擤起了鼻子，所有人都会因此感到尴尬，如果音乐盖不住，这种尴尬将更为严重。我要向为难的人们表示抱歉，因为是我把他们置于此境，但我依然更喜欢这种尴尬，而不是音乐。

不要任何喧嚣。

不要遵守任何仪式。不要奏响任何歌曲。不要说任何话。无论是谁都不要使用任何电子设备。不要有拥抱，不要有被割喉的公鸡，不要有宗教，不要有道德。连惯例的手势都不要有。大家的沉默就是在和我道别。

论 四

声音与夜晚的关系

有时候，我们会怀疑暗处的听众。有时候我们会认为，幻想一个羊水的、水中的、震耳的又远去的世界会引发争议。还有时候，我们强烈地感觉到自己记得它。但回忆是一种叙述，就像记录梦境的叙事：这个叙述或者叙事带来了大量的信息，导致我们建立在自我否定之上。我们只是披着名字的一场叙事冲突。

我们是否能在历史中找到这样一种证据，它见证了听众在昏暗处遭受的折磨并同时不再受缚于任何假定？

这种证据是存在的。

它被剥夺了定义，它是所有证据中最奇特的一个，范畴最难以理解的一个。史前时期里，物种的分化在缓慢地变得不再同步，而这种证据正好位于物种分化的时间源头。

※

　　回到公元前 20000 年，在这一千年中，人们在杀死猎物后处理皮毛前，会刮下油脂做成灯，他们手持着这种几乎不冒烟的灯，踏进悬崖侧面和山洞里黑漆漆的地方。他们借着灯，用单色或双色的大型动物图案装饰了一直埋没在永恒之夜里的宽敞大厅。

※

　　为什么艺术的诞生与地下探险有关？

　　为什么艺术曾经并且一直都是阴暗的冒险？

　　视觉艺术（至少是昏暗中借助微微颤动的油灯而创作的可见艺术）是否表现了一种与梦的关系？而梦本身也是夜晚的幻象（*visiones nocturnae*）。

　　两万一千年过去了：在 19 世纪末，人类抱团蜷缩在昏暗的电影放映厅里。

※

　　为什么直到中石器时代，仍有大量死者的四肢被拢在一起用驯鹿的筋腱绑住，尸体呈胎儿状，头埋在膝盖里，像是赭红色的蛋卵，被用斩首后缝起来的兽皮包裹着？为什么最初的人类描绘是幻想的，混合了兽性与人性，展现的是野牛人和唱着歌的兽头萨满？

为什么鹿角覆盖下的鹿被表现为正在鸣叫？为什么公山羊被表现为正在发情和咩叫？（对于一个现代希腊人而言，希腊语中的 *tragôdia* 还确切地意为公山羊的歌唱。）为什么狮子在张嘴吼叫？

音乐是否已经在这些最初的图案中被表现出来？

这些"幻想者"，这些洞穴之夜里的做梦人，这些最先身为湿壁画（*a fresco*）画家的萨满，他们的兴趣点是否特别在于正在换角、正在变声的动物的蜕变？更确切地说：是否在于男孩的蜕变？他们处于身体和嗓音都在变化的年纪，处于从男孩变为男人的年纪，也就是开始接触猎人的秘密（即兽人的秘密），也开始接触动物的秘密语言，他们追捕它们、猎食它们，还用它们的毛皮做衣服穿。

羱羊的角、公牛的角、驯鹿的角，它们是否能在自己身上辨认出人们在祭祀宰杀后用来喝它的血、分它的肉的工具？辨认出盛放令人产生幻象、跳起模仿之舞的酒的工具？辨认出发出自己呼喊之声的工具？

这些人是否和澳大利亚丛林中的居民一样，在梳头的时候唱歌？（同样，与古希腊伟大画家巴赫西斯[1]有关的传奇也将他表现为正在唱歌的模样。）

为什么有记载的所有神庙都始于白昼之光和星辰之辉不能再感知之地，始于黑暗和大地里隐藏的深度独霸之地？

为什么要把这些图案（它们不是图案，每一次都是幻象，是幻影[phantasmata]，只在死去的动物油脂微微颤动的火光下才会被突然瞥见）藏在大地的藏身处？为什么之后要刮去展现之物？为什么要用箭射向表现之物，像在传统的赶集节日里玩球类游戏或飞镖游戏那样？像圣塞巴斯蒂安[2]那样？

＊

在《艺术史前史》中，安德烈·勒鲁瓦－高汉[3]把问题归纳为一句话：为什么野牛、野马猎人的思想在冰川退去时被"掩埋"了？

---

1 巴赫西斯，古希腊画家，生活时期约在公元前400年。

2 圣塞巴斯蒂安（256—288），基督教圣人和殉道者。在艺术和文学作品中，他常被描绘成双臂被捆绑，被乱箭射死。

3 安德烈·勒鲁瓦－高汉（1911—1986），法国人种学家、考古学家、历史学家、史前史专家。

*

我把本论特有的思辨呈现为如下形式：这些洞穴不是图像的神庙。

我坚持认为，旧石器时代的洞窟是隔板上绘有装饰的乐器。

它们是夜间的共鸣器，被一种根本不是全景的方式所描绘：人们把它们画在了不可见中。选择何种装饰隔板决定了会产生怎样的回声。双重声响之地是回声：是回声的房间。（同样，双重可见的空间是面具：野牛面具、鹿面具、有钩状喙的猛禽面具、野牛人木偶。）绘在三兄弟洞窟[1]里绝路深处的鹿人手持着一把弓。我无法区分狩猎工具和第一把里拉琴，也分不清弓箭手阿波罗和齐特拉琴演奏者阿波罗。

*

石壁上的画始于人们伸手不见五指的地方。

人们看见黑色的地方。

他们踏进寂静的黑暗里寻找图案时，回声是他们的向

1　三兄弟洞窟，位于法国南部－比利牛斯大区，里面有旧石器时代晚期的装饰性壁画。

导和地标。

∗

回声是不可见之物的嗓音。生者在白昼里看不见亡者。但他们却在夜晚的梦中看见亡者。在回声中，不会遇见发声者。这是可见与可听之间的捉迷藏。

∗

初民在某些岩壁的声音属性的指引下，画出了自己夜晚的幻象。在阿列日省的洞窟里，旧石器时代的萨满画家以群像手法表现出了吼叫，作画时画家直面猛兽的嘴鼻。这种线条，甚至是切口，呈现的就是它们的吼叫。他们也画戴着面具、手持诱鸟笛或者弓的萨满。在有如共鸣器的大型神庙里，回声与显圣有关，在石笋帷幕的后面。

油灯的微光，发现了一个又一个被黑暗包围的兽类形象，响应它的是方解石板琴的音乐。

∗

在马耳他的哈尔·萨夫列尼地下宫殿里，有一个徒手挖出的回声洞穴。它的频率是九十赫兹，一旦发出了低沉的声音，频率就会大得可怕。

R. 默里·谢弗[1] 在自己的书中统计了所有的金字形神塔、圣堂、地穴和教堂，它们有回声，有混响，像一座复调的迷宫。

回声产生了来自另一个自我（*alter ego*）世界的谜。

卢克莱修简洁地说道，一切有回声的地方都是圣堂。

*

1776年，维旺·德农[2] 考察了西比尔岩洞[3]，并在旅行日记中写道："没有比这更灵敏的回响了。这也许是存在中最美的发声体。"

*

在三兄弟洞窟里，萨满有驯鹿的角和耳朵，长着马尾和狮爪，还有猫头鹰的眼睛：他拥有听觉捕食者的眼睛。穴居动物的眼睛。

1　R. 默里·谢弗（1933—2021），加拿大作曲家、教育学家，著有《声景学：我们的声环境》和《世界的调音》。
2　维旺·德农（1747—1825），法国艺术家、作家、外交家。
3　西比尔岩洞，位于今意大利的库迈，相传是古希腊女预言家西比尔曾经居住的地方。

＊

阿兰达人[1]把动词"出生"叫作*alkneraka*：成为眼睛。

＊

苏美尔的古代居民把死者去往的地方称为：没有回头路的国度。

苏美尔文献这样描述了没有回头路的国度：气息在死者去世后艰难地存在着，它们沉睡着，沾满泥土，盖着羽毛，十分不幸，就像"住在洞穴里的夜行鸟类"。

＊

伊西斯给第一批埃及人送去哀悼式样时，在哀悼中说，当眼睛看不见，眼睛就会去渴望。

虽然不利于语言，但圣歌表明，呼唤死者的嗓音，死者是听不到的。嗓音只是在命名他们。它只能唤起被夺去所爱的人们的痛苦。

神话说，当伊西斯开始第一次哀悼时——哀悼被阉割的、失去生殖器的奥西里斯的遗体——在她歌唱的瞬间，

1　阿兰达人，澳大利亚的一个土著人种。

比布鲁斯王后的孩子就死了。[1]

＊

第一个有形的叙述被画在一口井的底部，井在一处漆黑的洞窟深处。那是一个垂死的男子，他朝后仰去，一头向他攻击的公牛被长矛刺破了肚皮，一根棍子上插着一颗钩喙鸟的头。

在我的生活空间里延续的最后一个宗教展现了一个死去的男子。

《新约》中说，基督是在被蒙住眼睛时遭到侮辱的。

上帝浑身都在黑暗中流血。

上帝只在听觉和夜晚中流血。在夜晚或洞窟之外，他像一轮太阳似的光芒四射。

以撒再也看不见了。他在自己的夜里。雅各说："我没能给您带回野兽撕碎的羊羔。"

1　伊西斯和奥西里斯为埃及神话中的重要神明，是一对夫妻，他们的故事有多个版本，仅简述其一。奥西里斯为兄弟塞特所害，遗体所在的箱子封在比布鲁斯王宫柱中。伊西斯前往寻找，比布鲁斯王后让她当自己孩子的奶妈，伊西斯每夜用火烧却孩子身上会死的部分，并变成燕子绕柱哀泣，但被王后撞见，孩子未能永生。伊西斯表明身份，取得丈夫遗体，她的悲痛哀悼令王后的孩子受惊而亡。奥西里斯遗体运回埃及后，塞特又将遗体分割多块，抛散各处，伊西斯逐一寻回，仅生殖器未能觅得。

雅各没有带回被野兽撕碎的羊羔，但是他用羊羔皮盖住了自己的胳膊。

以撒摸了摸，说"声音是雅各的声音，胳膊却是以扫的胳膊"，他为他祝福。

他在想："嗓音还没有变，可身上却有了毛。"[1]

＊

孩童时期，我会唱歌。青少年时期，和其他少年一样，我的嗓音破碎了。但它一直都是低沉的、被损坏的。我热情洋溢地埋在了乐器里。音乐和变声之间，有一种直接联系。女性的出生和死亡都在一种似乎坚不可摧的高音里。她们的嗓音是一种统治。男性失去了他们的童声。十三岁时，他们的嗓音变哑，颤抖，咩叫。奇怪的是，我们的语言依然说他们在用颤声说话或者在咩叫。男性属于嗓音会破裂的动物。在物种上，他们构成了用两种嗓音歌唱的物种。

我们可以从青春期出发来将他们定义：嗓音以变声的形式离开的人类。

在男性嗓音中，童年、非-语言、同母亲的联系、同

1　参见《旧约·创世记》第二十七章，年迈的以撒让大儿子以扫带野味给他，以便为他祝福，小儿子雅各在手和脖子上蒙了山羊羔皮冒充浑身长毛的以扫，骗取了以撒的祝福。

母亲黑暗之水的联系、同羊膜隔的联系，随后是初期情感的服从性建立，最后是向自身拉回母语的童声，这些都是一条蛇的衣袍。

于是，像割下阴囊一样，男性割下了变声。割下了永远都是幼儿的嗓音。他们是被阉割的人。

或者，男性用失去的嗓音来作曲。人们称他们为作曲家。他们尽己所能重新构造出一个不会变声、永不变声的声音领地。

又或者，男性借助乐器来弥补身体上的缺陷，弥补嗓音低沉对自己的声音抛弃。如此一来，他们重新获得了尖细的音区，既是孩童的也是母亲的音区，是初期情感的音区，是声音国度的音区。

人们将他们称为演奏能手。

＊

人类阉割可以被定义为对嗓音的新石器时代驯化。这是物种内部的驯化，从新石器时代一直发展到欧洲18世纪末。它呼应了萨满洞窟里对穴居者的割礼，在这种洞窟里，死于幼年和重生时化身为兽人或猎人，两者是同一种，并且只是这同一种变形。

在哈尔·萨夫列尼地下宫殿，女人和孩子的嗓音不能让石头乐器产生回响，因为他们的嗓音频率还没有低到能与岩石发生共振。

只有变了声的男孩才能让哈尔·萨夫列尼地下宫殿产生回响。

变声、死亡和重生：葬礼或夜间的旅行与青年的启蒙是不可分的。普罗普曾说，世界上所有绝妙的故事都在讲述这个启蒙之旅：带着胡子和嘶哑回来。

英雄是什么？不是生者也不是死者。是踏入另一个世界并从那里回来的萨满。

一个变了声的人。

是从洞窟、从动物的口中重新走出来的生灵，那张动物的嘴会吞食猎物、撕碎或是切开猎物，又在阳光下吐出猎物。

＊

从动物出现时起，过了三百万年我们才开始使用石头作为武器－工具。随后是四万年的史前史。最后是九千年的历史，它只是永无休止的战争。人类走出了史前史，在新石器时代伊始撕裂了时间，直至发展到预先策划未来，他们按计划培育了植物和动物，人类成了饲养员。他们献祭植物的初次收获、牲口的头胎和自己的头胎。他们会阉割。

奥西里斯被撕碎了、去势了。他身体上的第十四个部分找不到了，那是他的生殖器。在纪念奥西里斯的游行中，女音乐家一边为他唱起圣歌以表敬意，一边用细绳操控着这位神的淫秽木偶。阿提斯[1]在一棵松树下给自己去势，鲜血洒在大地上。仪式伴有手鼓、铙钹、笛子和号角。阿提斯的宦官祭司团的圣歌在整个西方都享有盛誉。音乐家玛息阿拾起雅典娜扔掉的笛子后，被绑在一棵松树上，被去了势，又被剥了皮。在有文字记载的时期里，希腊人会去塞别纳看玛息阿的皮，皮在一座洞窟里，位于城堡脚下。他们说，只要演奏者能吹好他的笛子，他的皮就依然会战栗。俄耳甫斯被去势了、被撕碎了。音乐和绝美的嗓音，被驯化的嗓音，以及阉割，它们之间是有关联的。

*

死亡饿了。但是死亡是个盲人。*Caeca nox.* 黑夜意为目盲之夜，看不见的夜。

死者是夜，他们只能根据嗓音来辨识。

在夜里，定位是听觉上的。在洞窟深处，在洞窟深处

---

1 阿提斯，弗里吉亚神话中大神母库柏勒的儿子和情人，当阿提斯与他人举行婚礼时，库柏勒使之发狂并去势而死。

那绝对的寂静和黑夜里，垂下的白色和金色方解石可用作石板琴，在一人高的地方被打碎了。

被打碎的石笋和钟乳石，在史前时期被运出洞窟。它们就是护符。

＊

希腊地理学家斯特拉波[1]记载道，在科里西洞窟[2]深处，距洞口两百英尺的钟乳石积层下，地下水源迸溅而出，随即咆哮着消失在缝隙里，消失在最彻底的黑暗中，就在这里，希腊的信徒们听到宙斯用手拨响了铙钹。

斯特拉波还说，在公元前1世纪，另有一些希腊人声称那是飞行者堤丰[3]的上下颌与熊的筋腱在碰撞。

＊

18世纪，熊人让（*Jan de l'Ors*）[4]在胳膊下牢牢地系上了绳子。他下到了井底。洞窟笔直地插在大地里，深不见

1　斯特拉波（约前64或前63—约23），古罗马地理学家、历史学家，曾在亚历山大城图书馆任职。

2　科里西洞窟，位于希腊帕尔纳索斯山的山坡上，是祭拜仙女宁芙、缪斯女神和牧神潘的场所。

3　堤丰，希腊神话中象征风暴的妖魔或巨人。

4　熊人让，传说中熊与女人所生之子，是众多民间故事中的英雄。

底。井壁上黏糊糊的。蝙蝠静静地消失在黑暗里。下行持续了整整三天。

在第三天结束时，他那杆重达四十公担[1]的手杖碰到了地底。熊人让解开了绳子。他在刚刚到达的巨大洞穴里走了几步。

一大堆骸骨布满了地面。

他走在头颅堆里。

他踏进洞窟中央的一座城堡。他在走，但是他的脚步却不再回响。

让把四十公担的手杖扔到大理石地面上：发出的声响像是鸟儿的一根羽毛落在了雪上。

熊人让立刻明白，这座城堡是声音无法诞生之处。

他抬起头，望向一只用方解石、亮闪闪的玻璃和水晶做成的巨猫。巨猫的额头上有一块在黑暗中如火焰般闪耀的红宝石。结满金苹果的树围着一眼无声的泉水：水花溅起又落下，听不到一丝动静。

泉水边坐着一位少女，她美得像曙光一样，在用一弯月亮梳头。

熊人让走过去，但她没有看他。迷人少女的眼睛一直

1　1公担约等于100千克。

不可抗拒地盯着红宝石的火焰，这个地方笼罩在它的魔法之下。

让想跟她说话：他问了问题，可他的问题却没有回响。

"这女子被施了魔咒，"熊人让想，"而我，我要在这死一般的寂静中发疯了。"

于是，让提起四十公担的手杖挥舞起来，朝水晶巨猫的头上狠狠地敲了一击。所有的钟乳石都碎了，发出世界上最动听的歌声。被囚禁的声音一下就自由了。泉水汩汩地流淌。石板发出回响。叶子在树枝上窸窸窣窣。嗓音说话了。

论 五

塞壬的歌声

在《奥德赛》第九卷里，尤利西斯泪流满面地承认了自己的名字。行吟诗人放下齐特拉琴，沉默了。此后，尤利西斯接过话头，用第一人称说话，讲述自己的后续冒险：先是洞窟，再是喀耳刻之岛，最后是亡者国度之旅。

从亡者国度回来后，尤利西斯沿着塞壬之岛航行。

喀耳刻（*Kirkè*）意为猛禽、雀鹰。喀耳刻在艾奥利埃岛上唱歌。艾奥利埃（*Aiaiè*）在希腊语中意为呻吟。喀耳刻唱着一首哀怨又萎靡的曲子，而她的歌声会让听者变成猪。歌者喀耳刻警告过尤利西斯：塞壬那尖细的、有穿透力的（*lingurè*）歌声（*aoidè*）会把人拉过去（*thelgousin*）：它吸引听到的人，把他们捆在迷醉里。塞壬之岛是一片人类骸骨围绕的潮湿（*leimôni*）草地，骸骨上的肉在腐烂。雀鹰萨满给尤利西斯指明的两条诡计既简单又明了。尤利西斯的每个随从都必须用青铜刀从蜂巢中割下蜂蜡，用揉成小块的蜂蜡塞住双耳。只有尤利西斯的耳朵可以敞开，条件是他要被绳子里三层外三层地捆起来：捆起手，捆起脚，立在桅座上，胸抵着桅杆。

每次尤利西斯要求松绑时，欧律洛科斯和佩里墨得斯就把绳索捆得更紧。于是，他能够在免于死去的情况下听到任何人都不曾听过的：塞壬的叫喊之歌（是 *phthoggos*，也是 *aoidè*）。

*

荷马笔下的故事结局有些不合逻辑。

当海面重归平静时，听到塞壬歌声远去的人，很可能是耳朵被堵住的水手们。因为根据约定，若是尤利西斯要求松绑，欧律洛科斯和佩里墨得斯就要立刻把绳索捆得更紧。简而言之，双耳被堵住的水手们听到一切重归寂静后，便急忙从耳朵里取出了蜂蜡，那是尤利西斯用青铜刀割下又用手指揉好的小块蜂蜡。

此刻，欧律洛科斯和佩里墨得斯给尤利西斯解绑（*anelysan*）。这也是词语"分析"（*analyse*）第一次在希腊文献中出现。

＊

在我看来，颠倒情节的简单举动赋予了它最真实的含义。

鸟儿们用超自然的歌声把人吸引到堆满骸骨的鸟类栖息地：人们用人造的歌声把鸟儿吸引到堆满骸骨的人类居所。

用于吸引鸟类的人造歌声叫作诱鸟笛。塞壬是鸟儿对诱鸟笛的报复，因为笛声使鸟儿成为自己歌声的受害者。在最古老洞窟的考古地层中，人们发现了哨子和诱鸟笛。旧石器时代的猎人用模仿的方式来引诱猎物，而猎人和猎物其实并无区别。驯鹿或羱羊的角被画在夜间的洞壁上。人们却把它们作为插图在青天白日展现在书本里：不可排除号角也能吹响的情况。最初呈现的人类形象有时会手持一只兽角。为了喝它们的血？为了呼唤以角为标志（而这标志就是动物换角时落在树林里的物体）的动物？有了角，才能有将它自己标明的声音。

于是，我们可以说出这样一条思辨：荷马的文字在一段颠倒的情节里重现了一个关于音乐起源的故事原型，而根据这个故事，第一段音乐是用于捕猎的诱鸟笛－哨子发出来的。捕猎的秘密（动物的话语，也就是它们发出的叫声、呼喊它们的叫声）在启蒙时被传授。喀耳刻是雀鹰。

如果说秃鹫、隼、鹰和枭都逐步被天神地位所"神化"，猎人给它们留下祭祀仪式（剥皮、割四肢、分享器官和肉）中一部分被宰杀的猎物，那么吸引它们的诱鸟笛就逐渐被"神学化"了。因此，音乐第二次成了一种歌声，在把鸟类吸引到猎人那里后，又把诸神引到人的身边。虽说是第二次，但却是同样的功能。

※

耳朵带领它们走向束缚脚爪的胶水：耳朵里的蜂蜡阻止他们听到呼唤。

※

在罗马，鹿被视为软弱的动物——配不上更喜爱野猪的议员们——因为它们一遭到攻击就逃跑，还被视为音乐的崇拜者。捕猎鹿时，常借用诱鸟笛或者召唤者：要么是一种鸣管，能发出变声的歌声；要么是一头被捆绑的活鹿，作为鸣叫的诱饵。对鹿的捕猎被认为是惰性的，因为用的不是长矛，而是网：鹿角会混乱地被网眼缠住。

※

所有童话都在讲述年轻男子的故事，他们在启蒙过程中学会了动物的语言。诱鸟笛和召唤者都在歌声中呼唤那声音的发送者。音乐的宗旨丝毫不在于让听者走进一个人类圆环：而是进入一个仿制的动物圆环。它们彼此之间相互模仿。只有鸟儿和人一样懂得模仿相近物种的歌声。作为猎物的声音面具，被模仿的声音让飞禽、走兽、水生物，让包括人在内的所有捕食性动物、雷电、火、海洋和风，让它们都走进了捕食的圆环。音乐让圆环转起来，用的是舞蹈中的动物声音、古老洞窟岩壁上兽类和星辰的图案。它加强了圆环的转动。因为世界在转，像太阳和星星、四季和蜕变、开花和结果、兽类的发情和繁殖。

捕食完成后，音乐固化了驯养。一支诱鸟笛已然是一个驯化者。一个召唤者已然被驯化。

*

尤利西斯和雅典人有几分相似。雅典的花月节仪式建立在绳索和松脂上。每年，亡者的灵魂都会回到城里一次，雅典人就用绳索绑起圣堂，用松脂涂抹家门。先人的游荡气息试图走进曾经住过的地方，却像苍蝇一样被粘在了门槛外面。

整个白天里，为他们事先盛满食物的土罐都被摆在街道中央。

这些气息（*psychè*）后来被称为魔鬼（*daimôn*），甚或是吸血鬼巫师（*kères*）。

詹姆斯·乔治·弗雷泽爵士记载道，在 20 世纪初，保加利亚人保留着这样一种习俗：为了让自己的住所免于恶灵侵扰，他们在门的外侧用沥青画上十字，又在门槛挂上一根由许多细绳组成的乱线头。在幽灵数完所有线之前，十有八九公鸡就会打鸣，而黑影必须在普照的阳光让自己消失之前赶紧回到坟墓里。

*

被绑在桅杆上的尤利西斯，这也是一个百看不厌的埃及式情节。从冥府里出来后，尤利西斯通过神奇的歌声了解了死亡与复活，他周围都是耳朵被泡碱和树脂塞住的木乃伊。太阳船上的法老穿过天空之海。

在埋于金字塔之下的墓室墙上，奥西里斯让鸟儿伊西斯受了精，她骑在他的肚子上，正在孕育着一个鸟首人，那只叫作荷鲁斯的隼。[1]

死亡（黑影）被绘在地狱之门的前面、巴（*ba*）[2]（展翅

1　埃及神话中，伊西斯变成鸢鸟盘旋在遗体重新拼合的奥西里斯之上，使之恢复生育能力，伊西斯受孕生下隼首人身的法老守护神荷鲁斯。
2　巴，古埃及认为人类所有的四种灵魂之一，另外三个是卡、科胡和沙胡。

或收翅的彩色美人鱼）的后面。

把尸体变成木乃伊时，尸体的处理者们唱着歌。在葬礼的账目上，第一个预算项目是亚麻，第二个是面具，第三个是音乐。在每一个墓地里都会唱起的《竖琴手之歌》，它的副歌在重复着：

歌声的召唤没有拯救坟墓里的任何一个人。

所以说要幸福地过日子，不要一听到葬礼的召唤就懈怠下去。

看啊：没有人是带着钱财走的……

看啊：没有人去了之后能再回来。

＊

巴是内心的鸟儿，长着人面人手，是气息的追寻者。它离开肉身，与木乃伊相会。古埃及人的巴类似于古希腊人的气息。实际上，人面鸟巴的图案被希腊陶器手艺人细致地重现了出来，用以在瓦罐上绘出引诱尤利西斯的塞壬。我们称之为《绝望者之歌》的古埃及歌曲其实叫作《人与巴的对话》。坟墓的夜晚庇护和凉爽，以及水和食物，它们组成了诱饵，吸引着不堪热气、又饥又渴、游荡在空气里的气息。

※

被缚的尤利西斯像一捆粮食。他被绑得如狂欢节上的熊，人们吹起芦笛摇着木铃让它跳舞，再把它推到河里。

像是一个雅库特[1]萨满：他被带子绑在树顶，与鹰结合，在醋栗河[2]边深陷于一直没到膝盖的死人骨堆。

是鸟儿伊什塔尔[3]面前的萨尔贡[4]。

※

一切叙述[5]在没有变成置于台前的特定情节时，它本身就是一个圈套故事（一个虚构，一个陷阱），用来安抚受骗动物的灵魂。一切有圈套的捕猎都通过只作为反－圈套的祭品赎罪。同样，要用歌唱和斋戒来清洗受那些身体里的精神侵扰的武器，那些身体被武器扔到地上，躺在血泊和死亡里。

1　雅库特为俄罗斯少数民族之一。

2　醋栗河，俄罗斯传说中的河流，河两岸遍布着为保卫家园而与怪兽搏斗的英雄们的尸骨。

3　伊什塔尔，巴比伦人对金星的称呼，也是当地神话传说中的爱神与战神。在美索不达米亚传说中，正是由于伊什塔尔的帮助，萨尔贡才成了一国之君。

4　萨尔贡，公元前24世纪阿卡德帝国的开创者，杰出的军事统帅。

5　法语中 conte 同时有无稽之谈、诓骗之意。

猎人承认了自己在叙述中施展的诡计，他从喀耳刻处回来后，驱除了鸟儿们的复仇，它们被圈套引到了歌声中。故事的驱魔一直进行到网绳（它紧紧束缚着尤利西斯）。直至蜂蜡（它堵住了主人公同伴们的耳朵）。

直至被捆满绳索的胸部（*kithara*）[1]，尤利西斯就这样被绑着面对着鸟儿。

＊

希腊语中的和谐（*harmonia*）描绘了捆紧绳子的方法。

在古希腊，音乐的第一个名字（*sophia*）指的是造船的技能。

＊

米隆[2] 想表现音乐之神，于是雕刻出了被绑在树干上的玛息阿，他正在被活生生地剥皮。

＊

游隼朝绿头鸭猛扑过去。

---

1 前文 kithara 也指"齐特拉琴"。
2 米隆（约前 480—前 440），古希腊雕刻家。

它的俯冲因快速坠落而发出飞啸声，惊吓了猎物。

＊

竖琴、笛子和鼓，汇集在所有的音乐里。弦和手指，风和嘴，手击或脚踏，身体的所有部位都在此影响下跳着舞。

古代日本乐曲常分为三个部分：*jo, ha, kyou*。开头叫作"序"，中间叫作"破"，结尾叫作"急"。

渗透，破裂，疾速。

日本奏鸣曲的形式。

＊

雀鹰萨满站在云雀神灵面前。

萨满是捕食者，是灵魂的猎人：他布下陷阱、索结、活板、诱饵、粘胶。他知道如何掌握被俘的灵魂、如何用斩去的头颅和捆起的头发来约束它们。他熟悉每一条通往灵魂的道路（歌声）。萨满称之为道路（*odos*，一种颂歌）的，是一种半说半唱的叙述。

＊

这些就是圈套。鱼的图像被投入海中，引来同类鱼群。音乐是诱鸟笛，正如图像是诱饵。

甚至在图像成为诱饵之前，颜色就已经是诱饵了。用血液涂抹岩壁，这是在用被宰杀的动物来给岩壁着色。

第一个颜色是黑色（先是夜晚，再是洞穴黑暗所特有的更为绝对的黑色）。第二个颜色是红色。

＊

雷鸣是暴雨的诱饵。

吼板（*bull-roarer*）[1] 是雷鸣的诱饵。

萨满不是通过敲打来降雨的：是敲打的人呼喊着雷鸣，而雷鸣又召唤着暴雨。

＊

音乐不是人（*homo*）这一物种所特有的歌唱。人类社会特有的歌唱是它们的语言。音乐是一种对语言的模仿，在重现猎物繁衍时的歌唱之际由猎物传授。

大自然的音乐会。音乐让牛哞，让驴叫，让象吼。

它在马嘶。

它从萨满的肚子里拖出不在场的动物，即身体模仿的动物、皮毛和面具表现出来的动物。

1　吼板，澳大利亚等地的土著用于宗教仪式的一种旋转时能发出吼叫声的木板。

舞蹈是一种图像。正如绘画是一种歌唱。模拟物在模拟。一场仪式重复着一个 *metaphora*（一段旅程）。现代希腊的搬家卡车上依然写有 *METAPHORA* 的字样。神话是仪式的舞蹈图像，人们期待这场仪式能吸引整个世界。

*

萨满是动物吼叫的专家。灵魂之主能够变形为任何一个人、任何一种物——甚至是飞得最快、能翻山越海的鸟儿。鸟是迁徙动物中迁徙性最强的。萨满是一种加速器，加速了运输，加速了时间，也就是加速了隐喻，加速了变形。最后，他是最为响亮的声音。

他的领地是以歌声为界的空气。

*

1. 音乐在它的发生之地召唤着；2. 它征服了生物的节律，直到让它们跳起舞；3. 它在附体之圈里，让萨满体内说话的牛叫声跌倒在地。

如果嗓音颤抖，身体就会跳跃。跳不是蹦，爬也不是滑。鲤鱼跳、塔兰泰拉舞、舞会或者化装舞会，追本溯源是同一件事物。从何而来的左摇右摆、手舞足蹈、蹒跚而行？录有动物叫声的清单在语法学中产生了一种不可抗拒的吸引，引起了孩子之间永无止境的比拼，而且也依然作用于成人身上。

雷鸣，大喊，怪叫，犬吠，啼叫，叽喳，大骂，吁叫……[1]

人种学家们盘点了特定的音乐技术，它们用于恐吓龙卷风，鞭打飓风，平息火焰，痛击狂风，在雨中散布恐慌以便在击打雨滴时将它们引领，吸引踏步中的牲畜，让野兽在进入巫师体内时中魔法，以及恐吓月亮、灵魂和时间，直到它们服从。

*

在圣－热努[2]，人们依然可以凝视教堂里雕刻的鸟夫人。它们是爪子里紧握鲜艳石块的鹤。它们的脖颈打了结，因此喉咙里很难发出叫声。这叫声强烈得能杀死所有听到它的生物，但它又尖细得消失在了寂静里，任何活物都听不见，提醒世人歌声的用语要早于语言的用语。

1　其中"怪叫"（brailler）也指孔雀的叫声。"啼叫"（vagir）特指野兔或鳄鱼的叫声。"吁叫"（huer）也指鹭、枭等鸟类的叫声。

2　圣－热努，法国安德尔省的一个市镇。

＊

　　人类从地狱中来，在声音之海上游荡。一切活物都遭受着被声音之海吞没的威胁。音乐吸引着它们。音乐是引向死亡的诱鸟笛。

　　它吸引嗓音进入失去嗓音的相似之物。

＊

　　港湾里的河不再能展现源头的任何一个细微之处。拯救源头，这就是我的妄想。拯救河水的源头，源头孕育了它，而河水却在不断地扩增中吞没了源头。人们挖出了特洛伊，他们在剥一只剥不尽的洋葱。古代的大城市没有回到被开垦时的森林状态。它们回不去了。在最好的情况下，文明给废墟留有一席之地。在最坏的情况中，则给废墟留下了不可逆转的沙漠。我是我失去之物的一部分。

论 六

路易十一和懂音乐的猪

拜涅神父[1]是位音乐家。国王路易十一对他的大合唱很是欣赏。他也经常宣召他来自己在普莱西的城堡。此时正值盖冈[2]内阁时期。国王举起酒杯。他要求罗伯特·盖冈在自己的酒里加一点臣民的血，要从一批年纪最小的臣民身上抽取。有一天，盖冈也在场，当拜涅神父在和国王谈论自己眼中音乐特有的轻柔时，国王问他是否有能力和猪一起创作一次和声。

拜涅神父想了想，然后说：

"陛下，我自认为可以实现您的要求。不过得满足三个条件。"

国王高声问他提出的三个条件是什么。

"第一，"神父接着说，"陛下，您得给我提供一切所需

---

1 拜涅神父，路易十一的音乐老师。

2 盖冈（1433 或 1434—1501），法国修会会士、外交家、人文主义者、历史学家。

的经费。第二，至少给我一个月的时间。第三，到约定的那天，得由我来指挥歌唱。"

国王抓住神父的手，拍了拍，说自己定会保证他有足够的金钱来创作猪的和声。

拜涅神父也回拍了国王在自己面前大张着的手。

为了不让神父有机会收回承诺，法国国王立刻示意财务主管拨出他想要的所有金币。

整个皇宫都笑疯了。

第二天，整个皇宫的态度大为转变，窃窃私语说拜涅是疯了才会接受这么危险的挑战，他会让家族毁灭、让自己蒙羞的。

有人向他转告了大臣们的看法，拜涅神父耸了耸肩，说他们缺乏想象力，认为他们只不过是考虑了所有自己做不到的事情之后下错了结论，正因为他们不知道该怎么做，所以才会觉得不可能。

拜涅神父买了三十二头猪来养肥。他用八头母猪作为男高音声部；用八头野猪作为男低音声部，并且立刻就把它们和唱男高音的母猪关在一起，好让它们日夜交配；用八头家猪作为女低音声部；用八头小野猪作为女高音声部，他还亲自用石刀割下它们的生殖器，接在一只小盆子里。

随后，拜涅神父造了一个管风琴似的设备，包含三个键盘。在长铜丝的一头，拜涅神父固定了非常尖细的铁针，它们随着按下的琴键刺到被挑选出的猪，如此就创造出了真正的复调音乐。他让人把公猪、母猪、家猪和被阉割的野猪崽按照自己研究出的顺序在一顶帐篷下排好队，将它们分别拴在用厚灯芯草做的笼子里，这样一来，它们就动弹不得，按键时也不会被刺得过深或过浅。

他试了五六次，认为和声已经完美，就写信给国王，邀请他来马尔穆捷修道院听一场猪的演唱会。

和声将于户外进行，在圣马丁建立的修道院的庭院里。

此时距国王规定的期限还有四天。

＊

那时，路易十一与部长和大臣们来到了普莱西 - 莱斯 - 图尔。听猪的合唱，真是太令人好奇了，大家都涌向马尔穆捷修道院，拜涅神父已在此备好乐器。

一看到涂有王室颜色的大帐篷搭在庭院中央，并打量这个有脚踏板和双重手控键盘的管风琴模样的东西，每个人都惊呆了，看不出这个乐器是如何设计、如何运转的，也不知道猪在哪里。

宫里来的人在几米开外坐下，拜涅神父已经在那儿摆好了阶梯座位，阶梯前放着为国王准备的金色扶手椅。

突然，国王命神父开始。于是，神父在键盘前站好，开始手脚并用地按下琴键，就像弹水动力管风琴那样，猪群按照被刺痛的顺序依次叫唤，甚至有时候，一旦神父同时按下琴键，它们就齐声叫喊。如此产生出一种闻所未闻的音乐，是真正的和声，也就是复调，听起来很是悦耳、多变，因为杰出的音乐家拜涅神父在以一首卡农开始后，接着演奏了两支非常优美的利切卡尔，并以三首精心构思的经文歌作结，让陛下流了不少眼泪。

路易十一觉得听一遍不过瘾，希望拜涅神父再完整地演奏一次。

这一次，和声在每个方面都和第一遍绝无二致，领主们和宫里其他所有人都转向国王，说拜涅神父兑现了自己的诺言，并对他赞不绝口。一位在法国皇宫短暂停留的苏格兰贵族低声说道："冷器（*Cauld Airn*）[1]！"一边说一边紧紧握住剑的护手。在判决之前，生性多疑的路易十一想确认自己没有被骗，确认那的确是猪唱的。他命人掀起帐篷的一角看个究竟。当看到灰猪和野猪被如何束缚、铜丝被如何布置，还有和做鞋子用的针同样尖锐的铁尖头后，他宣布拜涅神父不仅仅是接受挑战的一位了不得的冠军，

1　苏格兰人有个迷信的行为，在提到猪时，要触摸或说出"冷器"。

更是一个卓越非凡、富有创造力的人。

国王对他说，如自己保证的那样，他不会收回由国库支付，用来买猪、建帐篷、造管风琴和搭阶梯的费用。拜涅神父先是下跪以表感谢，然后抬起头，低声说道：

"陛下，我在八十天里教会了猪说出'阿门'。但是在三十四年里，我却没能同样教会一些国王。"

路易十一明白了，他不想空有神父的头衔，而是想拥有一座修道院的实际使用权，于是赐给他一座当时被闲置的宗教房屋及其相关收益。神父的表现令国王满意得逢人就说，神父发明出猪的管风琴，不是因为他有胆识，而是因为他生逢其时。

＊

离开马尔穆捷修道院之前，路易十一接见了当地人士。国王坐在拜涅神父为他准备的镶有金箔的椅子上。他在所有贵族、当地各界人士和百姓面前讲道：

"从前，帕西法厄王后向工程师代达罗斯定制了一只木制的空心大母牛，用皮盖上。她光着身子钻进木牛，想引起公牛的欲望，以此在自己的身体上收集它的精液。特洛伊人也有一只大型木马。犹太人有一只用来放逐沙漠的替罪羊，还有一些铸造的小牛，用于守卫营地里的帐篷。在海边的迦太基城，巴力神的青铜手向烈焰倾斜，多达两百个孩子落入其中。[1] 而法拉里斯国王，他让人做了一头青铜公牛，公牛上有巧夺天工的小号：当他把年轻男子扔进铜牛肚里焚烧时，他们痛苦的叫声就会通过青铜小号变成和声。被暴君拿来炙烤的少年们化成了灰，公牛也渐渐不叫了。当他们成了回忆，公牛就突然沉默了。我有我的管风琴，野猪在里面唱歌，像是童年的回忆。代达罗斯对米诺斯王的意义，也是拜涅神父先生对我的意义。在格拉森人的土地上，主耶稣把魔鬼邪恶的名字赶进了猪的身体。而我让音乐从那里走了出来。"

1　此处描述的是古代向巴力神献祭儿童的残酷仪式。

论 七

音乐之恨

在所有艺术中，只有音乐参与了 1933 年至 1945 年间德国人对犹太人的屠杀。只有这门艺术被纳粹集中营（*Konzentrationslager*）的管理当局认为是需要采用的。虽然有损于这门艺术，但依然要指出，只有它能适应营地组织、饥饿、匮乏、劳作、痛苦、侮辱和死亡。

*

西蒙·拉克斯[1]于 1901 年 11 月 1 日出生于华沙。在华沙音乐学院完成学业后，他于 1926 年来到维也纳。为了生存，他为默片弹钢琴伴奏。之后他去了巴黎。他会说波兰语、俄语、德语、法语和英语。他是钢琴家、小提琴家、作曲家、乐队指挥。他于 1941 年在巴黎被捕。他先后被拘

1　西蒙·拉克斯（1901—1983），波兰作曲家、小提琴家，被关押在奥斯维辛集中营时，是囚犯乐队的指挥。

禁在博讷、特朗西、奥斯维辛、考弗灵和达豪。1945 年 5 月 3 日，他被释放。5 月 18 日，他回到巴黎。他渴望追忆集中营里被毁灭的人以及他们的痛苦，但也想审视音乐在屠杀中扮演的角色。他得到了勒内·库迪[1]的帮助。1948 年，他和勒内·库迪在法国水星出版社出版了一本书，题为《另一个世界的音乐》，由乔治·杜亚美[2]作序。但这本书并不受欢迎，被遗忘了。

＊

自史学家称为"第二次世界大战"的时期以来，自德意志第三帝国的屠杀集中营以来，我们进入了一个旋律模进[3]加剧的时代。在整个地面空间上，自第一批乐器被发明以来，第一次，对音乐的使用变得意味深长、令人厌恶。突然间，它在电力发明及其技术的扩增下无限放大，变得永无休止，日日夜夜侵袭市中心商业街、百货商店、小巷、大型商场、书店、外国银行供人取款的小建筑，甚至是游泳池，甚至在沙滩边，在私人公寓、餐厅、出租车、

1　勒内·库迪，疑为法国萨克斯管演奏者，二战时因为犹太人的身份而被关押进集中营。
2　乔治·杜亚美（1884—1966），法国医生、作家、诗人。
3　音乐术语，即模仿进行，指某一个旋律的或和声的音型在原来声部中的反复出现，但每次出现时的高度均不相同。

地铁、机场。

甚至在起飞和降落时的飞机里。

＊

甚至在死亡营地里。

＊

音乐之恨这个表述想表达出音乐对最爱它的人而言可以变得何等可憎。

＊

音乐吸引着人的身体。

这依然是荷马故事中的塞壬。绑在船桅上的尤利西斯被吸引他的旋律猛烈攻击。音乐是一把鱼钩，它抓住灵魂，将它们带向死亡。

这是集中营犯人的痛苦，他们的身体被夺走了，由不得他们。

＊

颤抖着听听这个吧：那些赤裸的身体是在音乐声中走进毒气室的。

＊

西蒙·拉克斯写道："音乐加速了终结。"

普里莫·莱维[1]写道："在营地（*Lager*）里，音乐向深渊拖拽。"

＊

在奥斯维辛集中营里，西蒙·拉克斯先后担任了小提琴手、常任音乐抄谱人（*Notenschreiber*），最后是乐队指挥。

意大利化学家普里莫·莱维听过波兰指挥西蒙·拉克斯的指挥。

1945 年，西蒙·拉克斯出狱回家了，普里莫·莱维写下了《这是不是个人》（*Se questo è un uomo*）。他的书稿遭到了多位编辑的拒绝。1947 年终于得以出版时，这本书并没有比《另一个世界的音乐》更受欢迎。在《这是不是个人》中，普里莫·莱维写道，在奥斯维辛，由普通小分队（*Kommando*）管辖的任何一个普通犯人都没能存活下来：

---

1 普里莫·莱维（1919—1987），意大利化学家、作家，是奥斯维辛集中营的幸存者，创作多部回忆集中营经历的作品，后自杀身亡。

"只剩下医生、裁缝、鞋匠、乐师、厨师、年轻有魅力的同性恋者、某些集中营当局者的朋友或老乡，还有几个极其冷酷、强壮、无情的人，他们在党卫军的指挥下稳稳地担任着囚犯监督员（Kapo）、营地负责人（Blockältester）或其他职务。"

＊

皮埃尔·维达－纳凯[1]写道："梅纽因可以在奥斯维辛存活下来，但毕加索却不能。"

＊

西蒙·拉克斯特的思考可以分为这两个问题：

为什么音乐能够"参与对百万人的处决"？

为什么它在其中"不仅仅是一个积极的部分"？

音乐侵犯着人的身体。它能让人站起身来。音乐节奏迷惑着身体节奏。一旦遇见音乐，耳朵就关不住了。音乐是一种力量，因而结合了所有力量。它在根本上是不平等的。听觉和服从是有关系的。一个领头人、一群演奏者、一帮服从者，这就是它的体系，其执行力当即显现。在任

---

1 皮埃尔·维达－纳凯（1930—2006），法国历史学家、古希腊历史研究专家。

何地方，只要有一个领头人和一群执行者，[1]就会有音乐。柏拉图在自己的哲学叙事中从来都不考虑区分纪律和音乐、战争和音乐、社会等级和音乐。甚至是星星：在柏拉图看来，这些产生秩序和宇宙的有声星辰是塞壬。节奏和节拍。行进是有节奏的，警棍的击打是有节奏的，敬礼是有节奏的。在营地乐队（*Lagerkapelle*）的音乐指定功能中，首要功能，或者说至少是最常见的功能，就是让小分队的出发和归来具有节奏感。

✳

听见和羞耻是一对双胞胎。在《圣经·创世记》的叙事里，同时出现了人形的裸露和听见"神的脚步声"。

吃了显出裸露之树的果实后，第一个男人和第一个女人同时听到了上帝耶和华的声音，他正于早晨的凉风中在园子里散步，他们同时也看到自己是裸露的，于是躲了起来，用树上的叶子遮挡自己的身体。

伊甸园中的声音窥伺和性羞耻是同时发生的。

视觉和裸露，听觉与羞耻，它们是一回事。

---

1 "领头人"（chef）也有"指挥者"之意，"执行者"（exécutant）也有"演奏者"之意。

看和听是同一个瞬间，而这个瞬间便是天堂的结束。

＊

营地的事实和伊甸园的神话讲述了一个相同的故事，因为第一个人和最后一个人是同一个人。他们发现了同一个世界的本体。他们展现了同一种裸露。他们留意去听让人服从的同一种召唤。闪电的声音是暴雨在雷鸣中带来的惊恐之夜。

＊

自身脚步的声响，这是寂静的第一层。

＊

上帝是什么？是我们得以出生。

是我们得以从他人身上出生，而非从自身。是我们得以出生在一个自己没有出现的行为中。是我们得以出生在一种紧紧相拥的过程里，两个不属于我们的身体裸露着：我们想看一看。

其中一个朝另一个摆动，他们在呻吟。

我们是一种摇晃的果实，摇晃在两个裸露的、不完整的、羞于面向对方的骨盆之间，它们的结合是吵闹的、有节奏的、呻吟的。

※

听到和服从。

普里莫·莱维在集中营门口第一次听到军乐队演奏《罗沙蒙德》[1]时，他难以遏制自己神经质的笑声。他看见军队迈着奇怪的步伐回到营地：每行五人，身体僵硬，脖子笔直，双臂贴着身体，像木头人似的，音乐抬起腿部和成千上万的木鞋，收缩着自动玩具一样的身体。

人们过于无力，腿部肌肉不由自主地就服从于节奏的力量，服从于营地音乐强加的节奏和西蒙·拉克斯指挥的节奏。

※

普里莫·莱维称音乐"如地狱一般"。

不过普里莫·莱维很不习惯那些画面，他写道："他们的灵魂死了，是音乐在推着他们前进，像风吹着枯叶一样，代替了他们的意愿。"

1　一种波尔卡舞曲，曲声欢快。在奥斯维辛集中营里，囚犯们每天早上在进行曲声中按要求严格排成一列，被杀死后焚烧。

他又指出，德国人从这些不幸的早晚编舞中，会感到美学上的快感。

德国士兵在死亡营地里安排音乐的环节，不是为了缓解他们的痛苦，甚至也不是为了调和他们与受害者的关系。

1. 为的是加强服从，把所有人都焊接在一切音乐产生的非个体、非私人的融合中。

2. 为的是得到快感——美学快感和施虐享受，这些对受辱者犯下罪行的人听着喜爱的旋律、看着舞起的侮辱性芭蕾，乐在其中。

这是一种仪式性的音乐。

普里莫·莱维彻底揭露了音乐所具备的最古老的功能。音乐，他写道，让人感觉像是一种"巫术"。它是一种"不断催眠的节奏，摧毁了思考，使痛苦麻木"。

*

我还想说一说在论二和论五里或许已经说过的内容：音乐，建立在服从之上，源于死亡的诱鸟笛。

*

音乐已经完全融入党卫军的哨声里。它是一种有效的威力，能激起即刻的反应。像营地钟声按下了闹铃，终止了梦中的噩梦，开启了现实的噩梦。每一次，那声音都会"让人立正"。

音乐的秘密功能是召集性的。

是令圣彼得猛然泪如雨下的公鸡啼叫。

*

在维吉尔笔下，阿勒克托[1]爬到牲畜棚顶上，用弯曲的号角（*cornu recurvo*）唱响（*canit*）召集牧民的信号（*signum*）。维吉尔说，这个声音是一种"地狱般的声响"（*Tartaream vocem*）。[2]

所有农民都抄上家伙赶来了。

*

如何在听音乐——**无论何种音乐**时，都不至于服从于它？

如何从音乐之外听音乐？

如何用闭合的耳朵听音乐？

指挥乐队的西蒙·拉克斯自己也没有借指挥的名义而身

---

1 阿勒克托，希腊神话中的不安女神，是复仇三女神之一。

2 参见维吉尔《埃涅阿斯纪》卷七。

处音乐之"外"。

普里莫·莱维继续写道："要在不服从、不忍受的情况下去听，才能理解它所表现的，理解德国人建立这种骇人仪式的预谋原因，理解为什么在今天，当这些单纯小调中的哪怕是其中一曲在我们记忆中重现时，我们依然会感到自己的血液被冰封在了血管里。"

普里莫·莱维接着说，这些进行曲和歌曲被刻在了身体里："它们绝对是我们忘记的最后一件与营地有关的事情，因为它们是营地的嗓音。"那是突然重现的哼唱变形为打扰的瞬间。曲调打扰着身体的节奏，与个人的声音分子融合在一起，于是，普里莫·莱维写道，音乐在摧毁。音乐成了决意的"显著表达"，有了这份决意，一些人便着手消灭另一些人。

＊

孩子和母亲的关系、一个人对另一个人的识认、之后对母语的习得，这些都锻造于出生前、节奏强烈的声音孵化中，在分娩后逐一出现，它们认识自己的方式先是叫喊和练声，再是小调和儿歌、姓名和乳名，以及重复的、强制的、最终变为命令的句子。

＊

自然主义者将子宫里的听觉描述得十分遥远，胎盘隔离开心脏和肠道的声响，羊水减轻了声音的强度，让它变得低沉，用聚集在身体里的大潮大浪将其运走。于是在子宫深处，统治着一种低沉又持久的深处声响，声学家们将它比作"暗哑的气息"。外部世界的声响在子宫里被视为一种"暗哑、温柔又低沉的轰鸣声"，在这上面涌现了母亲嗓音的曲调，它重复着自己加在所说语言之上的重读音调、韵律和句法。这就是哼唱的个体基础。

＊

普罗提诺，《九章集》，第五卷，第八章，第三十节。

普罗提诺说，"可感知的音乐是由一种先于感知的音乐产生的"。音乐与另一个世界有关。

＊

在母亲的肚子里，胎儿的心脏让孩子可以承受住母亲心脏的声响，并将其转换为自己的节奏。

＊

音乐对灵魂而言是不可抗拒的。它也同样在不可抗拒地痛苦着。

＊

一种无法回避的声音攻击在预先谋划着生命本身。人的呼吸不是人类的。在泛大陆出现之前，浪潮中先于生物的节奏就已经预料到了心脏的节奏和肺部呼吸的节奏。

潮汐的节奏与昼夜二十四小时的节奏有关，它把我们一分为二。一切都在将我们一分为二。

＊

产前听觉为产后孩子对母亲的认识做了准备。熟悉的声音在视觉意识上模式化了母亲陌生的身体，这身体被新生儿像蜕皮一样抛弃。

母亲的双臂在母性的低吟中立刻伸向稚气的叫喊。这双臂膀一刻不停地来回摇晃着孩子，他就像一个依然漂浮的物体。

从第一时间起，空气中的声音就让新生儿战栗起来，改变着他的呼吸节奏（他的气息，也就是他的 *psychè*，也

就是他的 *animatio*, 也就是他的灵魂), 塑造着他的心跳节奏, 让他眨着眼睛, 胡乱地摆动四肢。

从第一时间起, 听见其他新生儿的哭声, 也让他自己烦躁不安起来, 还流出了泪水。

＊

声音让我们结成群, 支配我们, 组织我们。但是我们在自己身上打开了声音。如果去注意在相同间隔里重复出现的一模一样的声音, 我们就无法完整统一地听到它们。我们会自发地将这些声音分成两两一组或四个一组。有时三个一组; 几乎不会分为五个一组; 永远不会超过这个数目。而且, 并不是说声音在我们看来是重复的, 而是说组合在我们眼中是前后相接的。

是时间自己在聚合, 它也因而在自我分离。

＊

亨利·柏格森[1] 举了一个机械钟的例子。我们总是把秒的声音标记分为两两组合, 好像电子钟在自己的身体里藏

_____

1　亨利·柏格森 (1859—1941), 法国犹太裔哲学家、作家, 获 1927 年度诺贝尔文学奖。在第二次世界大战中, 他反对纳粹政权对犹太人的迫害, 拒绝与侵法德军合作。

着钟摆之舞的幽灵。

生活在法国的人们把这个声音组合称为 tic-tac（嘀嗒）。我们真诚地认为，很明显，嘀声与嗒声之间的时间要短于两下声响末尾的嗒声和下一组开始的嘀声之间的时间。

节奏群组和时间分隔都不属于自然界。

＊

为什么自发的群组好像和一种注意力下的搏动类似？为什么会有这种灵魂上的专制脉搏？为什么人类出现在世界上的方式不是瞬间的，而是基于一种同时性与连接性的最低程度？为什么人类的此刻将语言的位置放在了空洞里？

人类即刻就能听到语句。对他们来说，一连串的声音即刻组成了一段旋律。人类的"此刻"要比"一瞬"晚一点。于是，语言在他们身上栖息，也因而把他们变成了音乐的奴隶。我们不由得想到，他们走向猎物时，是走在另一种事物上，而不是走在一只脚的前后相继上。正是通过"一只脚加上另一只脚"的方式，他们才不会在奔跑中跌倒，才能在舞蹈中对捕食活动进行模仿、强调和约束。

＊

人，只要我们向他提出要求，他就会历经千辛万苦直至心律不齐为止。他不可能成功表现出一连串最没有规律的拍子。

或者至少，对他而言，听这样的拍子就是不可能的。

＊

在发表于 1903 年的一篇文章中，R. 麦克·杜格尔提出"死亡间隙"的定义，即人耳在两个连续节奏组之间听到的非常特别的寂静。这些群组之间的寂静是一种反常的持续，它在"结束"中诞生，又在"开始"中止息。

这种人类听到的寂静是不存在的。

R. 麦克·杜格尔称之为"死亡"。

＊

音乐是没有两"面"的。

这种"死亡"既契合于音乐的产生，也契合于对音乐的聆听。西蒙·拉克斯与普里莫·莱维的想法并无二致。没有一种声音听觉是对立于声音传播的。

没有一个被诅咒的人是面对着巫术的。

有一种力量，它在作用于自身的同时，用类似的方式将自己的施加者变形，把他们投进节奏的、听觉的和身体的同一服从里。西蒙·拉克斯于 1983 年 12 月 11 日在巴黎逝世。普里莫·莱维于 1987 年 4 月 11 日自杀身亡。西蒙·拉克斯写得很清楚:"常有人夸张地宣传说,音乐支撑着瘦削的囚犯,赋予他们抵抗的力量。另一些人声称这种音乐产生了相反的效果,说它让不幸的人们气馁,加速了他们的终结。在我看来,我同意第二个观点。"

*

在《另一个世界的音乐》中,西蒙·拉克斯记载了这样一个故事。

1943 年,在奥斯维辛集中营,为庆祝平安夜,指挥官施瓦茨胡贝尔[1]命令营地音乐家们为女子医院的病人演奏德国和波兰的圣诞歌曲。

西蒙·拉克斯和他的音乐家们来到了女子医院。

女人们先是泪流不止,尤其是波兰女人,直到她们的哭声比音乐还响。

随后,紧接着泪水而来的是叫喊。病人们喊道:"别弹了!别弹了!滚!给我滚!让我们安安静静地断气吧!"

在这些音乐家中,只有西蒙·拉克斯明白女病人们吼出的波兰语是什么意思。音乐家们看了看向自己示意的西

1　施瓦茨胡贝尔(1904—1947),彼尔肯瑙拘捕保护营指挥官。

蒙·拉克斯。他们撤走了。

西蒙·拉克斯说，直到那时，他才明白音乐竟可以令人如此痛苦。

＊

音乐令人痛苦。

＊

波里比阿[1]写道："如果埃福洛斯[2]说音乐被带到人们身边是作为一种招摇撞骗者的骗术，不要相信他。"埃福洛斯并没有说过这样的话。他写道："音乐之所以被创造，是为了迷惑和蛊惑。"波里比阿称之为"音乐骗术"的事物反映出自己的起源，这起源是启蒙的、动物形象的、仪式的、洞穴的、萨满的、醉酒的、兴奋的、生吃的、狂热的。

＊

加布里埃尔·福雷说，创作音乐和聆听音乐都会引发一种"对不存在之物的欲望"。

---

1 波里比阿（约前208—约前126），古罗马历史学家、政治理论家。
2 埃福洛斯（约前400—前330），古希腊雄辩家、历史学家。

音乐是"死亡间隙"的主宰。

前来造访的，是不可逆转之物。"枪杀"自己的，是已逝之物。来到此地的，是无处。是不可回头的回头。是白昼里的死亡。是语言中的非义素。

＊

柏拉图，《理想国》卷三，401d。

音乐会进入身体内部并夺去灵魂。笛子在人的四肢里引入舞蹈动作，随之而来的是不可抗拒的淫秽扭动。音乐的猎物是人的身体。音乐在侵入和捕获这具身体。它在歌声陷阱中迫害落入其中的人，令他深陷于服从。塞壬成了《奥德赛》的 *odos*（希腊语中的颂歌，也意为道路和歌唱）。歌曲之父俄耳甫斯能柔化石头，驯化套在犁上的狮子。音乐在引诱，它引诱的据点是自己的回响之地，人类踏着步跟随它的节奏走向那里，它在催眠，让人抛弃可表述的事物。在听觉中，人们是被拘禁的。

＊

喜欢最高雅最复杂音乐的人，能在听到这种音乐时落泪的人，可能也是凶残的，有的人对此感到震惊，而我则震惊于他们的震惊。艺术不是野蛮的反义词。理性不是暴力的对立面。我们不能将专制和国家、和平与战争、倾倒的血液和思想的支架两两对立，因为专制、死亡、暴力、血液、思想都受制于一种逻辑，即便它超越了理性，也依然是一种逻辑。

社会受制于作为其源头的喧闹之熵：后者是它的宿命。

听觉的晕厥会导致死亡。

＊

诱鸟笛 – 歌声能吸引也能杀害。这种功能延续在了最严肃的音乐里。

在对数百万犹太人进行灭绝时，营地组织毫不犹豫地采用了这个功能。瓦格纳、勃拉姆斯、舒伯特，他们都成了塞壬。弗拉基米尔·扬科列维奇[1]对聆听和演奏德国音乐表示反抗，他的反应是民族性的。

也许音乐里应该被制裁的不是作品的民族性，而是音乐本身的起源。最初的音乐本身。

＊

从前，语史学家们认为 *bell* 源自 *bellum*——骇人的

1　弗拉基米尔·扬科列维奇（1903—1985），法国犹太裔哲学家。

响钟源自战争。

R. 默里·谢弗记载道，二战期间，德国人在欧洲没收了三万三千口钟，将它们熔化后制成了大炮。恢复和平后，圣堂、教堂和礼拜堂要求收回自己的财产；战败方的大炮被交还给了他们。牧师和神父们将其熔化，重新做成了钟。

钟源自动物。钟这个词来自 *bellam*，意为牛叫。钟是人类的牛叫声。

*

七十五岁的歌德写道："军乐在向我敞开，就像我们松开的拳头。"

*

在佛罗伦萨圣马科大殿的回廊里，有一口擅自闯入的钟。

这是一口由红黑相间的断木支撑的青铜钟，就搁在地上，位于教务会议厅门口，在修道院安静的庭院里。

人们叫它 *Piagnona*。正是在这口钟的声响下，人们集合起来向修道院发起攻击，捉住了萨沃纳罗拉[1]。

1　萨沃纳罗拉（1452—1498），意大利多明我会修士，佛罗伦萨宗教改革家。

作为赎罪的象征，这口钟被流放到圣萨尔瓦多山，并在前往大殿的整条路上都被人鞭打。

＊

纽伦堡法庭应该判决每年都在德国城市的所有街道上敲打理查德·瓦格纳的塑像。

＊

爱国音乐是一种婴幼儿时期的印记；它像令人震动的惊跳一样，让背部发毛，打起寒战，它充斥着情感，是一种意外的加入。

卡西梅兹·格维茨卡写道："当奥斯维辛纳粹集中营里疲于整日劳作的囚犯们排着队跟跟跄跄地行进时，如果听到了远处栅栏边的乐队声音，他们就会重新挺直腰板。音乐赋予他们生存的勇气和非同寻常的力量。"

罗玛纳·杜拉佐瓦说："我们做完工回来。快到营地了。比克瑙集中营的乐队在奏时髦的狐步舞曲。乐队把我们惹恼了。我们真是恨透了那音乐！恨透了那些音乐家！那些木偶坐着，都穿着海军蓝的袍子，还系着个白色小领结。他们不但坐着，还有权坐椅子！人们觉得那音乐能让我们活力焕发。它像战场上的号角一样动员着我们。那音乐甚至能刺激要断气的驽马，它们随着正在演奏的舞曲节奏调整蹄子。"

＊

品达，《皮提亚颂歌》，第一首，第一节。
"金色的里拉琴啊，脚步服从于你。"

＊

西蒙·拉克斯写道，在他看来，听音乐在极度不幸上产生了一种令人消沉的效果。当他指挥音乐时，似乎音乐在身体和精神的衰竭上增加了自己引起的固有被动性，饥饿和死亡的味道把其他拘禁者的身体献给了这种衰竭。他明确写道："当然，在主日的音乐会上，围着我们的观众里有一些是在享受的。但这是一种被动的享受，没有参与，没有反应。也有人诅咒我们、辱骂我们、误解我们，把我们看作和他们命运不同的入侵者。"

＊

提起品达《皮提亚颂歌》的开篇时，修昔底德将踏步行进确定为音乐的功能："音乐不是用于在附体时启发人们的，而是让他们能够踏步行进并保持紧密的队列。如果没有音乐，一列战斗人员就会在冲锋时散作一片。"埃利亚斯·卡内蒂[1]也说，节奏源自两只脚的行进，由此产生了古老诗歌的格律。人的双脚行进跟随着猎物和驯鹿群的踏步，然后是野牛的踏步，接着是马的踏步。在他看来，动物的足迹也是跟随其后的人类第一次读懂的书写。痕迹是声响的节奏性标记。集体踩踏土地是第一支舞，而且它并不源自人类。

在今天依然如此：人群一齐踩踏着走进音乐厅或芭蕾舞剧场。随后，大家都安静下来，停止肢体发出的任何声响，聚在一起。接着，大家都有节奏地拍手，叫喊，发出巨大的仪式性喧闹，最后全体起立，再次一道踩踏在产生音乐的大厅里。

音乐与死亡的猎犬群有关。紧追不舍：这是普里莫·莱维在第一次听营地音乐时所发现的。

＊

托尔斯泰有言："我们想在哪里有奴隶，哪里就要有尽可能多的音乐。"这句话震惊了马克西姆·高尔基。它被记在了《亚斯纳亚·波利亚纳谈话录》里。

1　埃利亚斯·卡内蒂（1905—1994），保加利亚犹太人，小说家、评论家、社会学家以及剧作家，1981 年诺贝尔文学奖得主。

※

阴森森的猎犬群所具有的统一性是它的踏步。舞蹈并不有别于音乐。有效的叫喊，哨子——诱鸟笛的衍生物——伴着致命的踏步。音乐集合起猎犬，命令似的让它们站好。寂静则解散猎犬。我更喜欢寂静而非音乐。语言和音乐属于同一种谱系，它一直存在，令人作呕。

秩序是语言最古老的根基：和人一样，犬类服从秩序。秩序是一种死亡宣判，受害者直到服从时才会明白。驯化和命令是一回事。人类的孩子首先就被秩序纠缠，也就是被饰有语言的死亡叫喊所纠缠。

※

奴隶从来都不是一件物品，而往往是一只动物。犬类不再完全是一种动物，而已然是仆人，因为它们是服从的：它们会听，会用诱鸟笛似的叫声作答，似乎明白意思，而其实只是在忍受曲调。

※

音乐石化了灵魂，让动作具有节奏性，像巴甫洛夫对狗儿们发出的信号。

乐队指挥的小棍让乐器里不和谐的音节沉默了下去；它安置了等待音乐的寂静；它在死亡的寂静背景中猛地开启第一个节拍。

人群或兽群，甚而是狗群，它们一直都是野蛮的。

除非能服从命令，在哨声中立正，聚集在音乐厅里，它们才是被驯养的。

※

孩子和狗儿挨着浪潮时，都会原地蹦跳起来。他们听见大海的声响，看到大海的起伏，便自发地呼喊尖叫。

※

狗儿转过头，朝向不寻常的声音。

它竖起耳朵。

它站住了，鼻子、目光和耳朵都转向奇怪的声音。

※

乐队指挥打造了让听众服从的整个表演。听众们聚在一起，就为了看一个站立的、独个儿的、高处的人，他随心所欲地让一群服从者开口或闭嘴。

指挥用一根小棍制造雨水和晴天。他的指尖上有一根金子般的细枝。

服从的一群，意味着一群被驯化的动物。一群被驯化的动物，这是一个人类社会的定义，也就是以他者的死亡来奠定的一支军队。

他们跟随着小棍行进着。

一群人聚在一起，看一群被驯化的人。在博罗罗人[1]的族群中，能担任团体指挥的是最优秀的歌手。秩序和有效的歌曲是不分彼此的。社会体的主人是自然的乐队队长（*Kapellmeister*）。所有乐队指挥都是驯养者，是领袖。所有鼓掌的人都在自己的面庞前伸出双手，然后跺脚、叫喊。

最后，这群人又让指挥返场，如果他愿意出现，人们就会欢天喜地。

＊

在特莱西恩施塔特集中营，H. G. 阿德勒[2]受不了人们在营地里演唱歌剧乐曲。

在特莱西恩施塔特，赫达·格拉布－克恩迈尔[3]说："我

1　博罗罗人，分布在巴西马托格罗索州巴拉圭河上游及其支流一带的南美印第安人。
2　H. G. 阿德勒（1910—1988），捷克作家，二战纳粹屠杀犹太人的幸存者。
3　赫达·格拉布－克恩迈尔（1899—1989），歌剧演唱家，女中音。

不明白吉迪恩·克莱因[1]是怎么在集中营里创作出一支摇篮曲（*Wiegenlied*）的。"

*

赫达·格拉布－克恩迈尔刚到特莱西恩施塔特就开始唱歌。那天是1942年3月21日，她唱了德沃夏克的《圣经歌曲》。4月4日，唱的是普格里泽的告别曲。5月3日，她唱了卡洛·托布[2]的《犹太区摇篮曲》，之后于6月5日和6月11日在汉堡的建筑庭院里演唱。她参加了11月28日《迷路的未婚妻》的首场演出。之后是1943年的《吻》、1944年的《卡门》。1945年4月24日，一场斑疹伤寒流行病爆发了。5月5日，党卫军撤退。10日，苏联红军进驻集中营并开始隔离。在1945年的6月和7月期间，囚犯们可以离开特莱西恩施塔特。

走出集中营后，她再也没有唱过歌。她移民到了美国西部。她不愿再谈及音乐。对玛丽安娜·扎迪科－迈[3]、对埃娃·格拉泽、对纽约的库尔特·韦利医生、对伦敦的阿德勒

1　吉迪恩·克莱因（1919—1945），捷克作曲家、钢琴家、音乐学家，死于集中营。
2　卡洛·托布（1897—1944），西班牙钢琴家、作曲家、指挥家，死于奥斯维辛集中营。
3　玛丽安娜·扎迪科－迈（1923—　），捷克人，1944年至1945年被关押在特雷津集中营，是集中营乐队成员。

医生、对小提琴家约扎·卡拉斯[1]，她都拒绝谈及音乐。

＊

谈到在死亡营地里创作和表演的音乐，最难懂、最深奥、最令人困惑的事情之一，是由在奥斯维辛幸免于难的小提琴家卡雷尔·弗勒利希[2]在一次访谈中讲述的，约扎·卡拉斯于1973年12月2日在纽约记录了下来。卡雷尔·弗勒利希突然说，在特莱西恩施塔特犹太集中营里，汇集了作曲者或演奏者心中的"理想条件"。

不安全感在那里是绝对的，死亡第二天就可能来临，艺术和存活是同一回事，对时间的体验俨然变成了对最无尽、最空洞的时间流逝的体验。在各种条件之上，卡雷尔·弗勒利希又加了一个"基本要素"，它对正常社会而言是不可能的：

"我们并不是真的在为一群公众演奏，因为他们在不断消失。"

音乐家们在为立刻就会死去的公众演奏，他们自己也

1　约扎·卡拉斯（1926—2008），捷克裔美国音乐家，二战期间特雷津集中营的乐队成员。

2　卡雷尔·弗勒利希（1917—1994），捷克小提琴家。在纳粹屠杀犹太人的行动里，他是家族中唯一幸免于难的人。

马上会登上这列火车与之相聚。卡雷尔·弗勒利希说：

"正是因为理想和反常并行才显得荒谬至极。"

维克托·乌尔曼[1]和卡雷尔·弗勒利希想的一样，前者还补充了精神的简洁这一点。他说在纸上记下纠缠心灵的声音是不可能的，这种不可能性把现代作曲家置于精神的简洁中。维克托·乌尔曼于 1944 年 10 月 17 日死于奥斯维辛，他刚一到那儿就死了。

*

维克托·乌尔曼在集中营里创作的最后一个作品题为《第七奏鸣曲》。他把它题献给了自己的孩子们——马克斯、让和费利斯。他标注的日期是 1944 年 8 月 22 日。之后，受卡雷尔·弗勒利希思考的影响，维克托·乌尔曼在第一页下方写上了具有讽刺性的版权说明。其中有一个终极幽默。这终极幽默是在越过自身极限那一瞬的语言。

"所有权归作曲者所有，直到他死去为止。"

1　维克托·乌尔曼（1898—1944），捷克作曲家，被杀害于奥斯维辛集中营。

论 八

雷斯、奥楚、埃克哈特

雷斯是巴赫利萨普[1]的牛倌。夏天，他登上高山牧场，在山上过夜。每天晚上，他都会仔细插上小屋的门锁。一天，他熄了火，拨散烧焦的木头，用灰盖住，睡着了。突然，他看到在火炉旁巨大的光亮里，有一个双手厚实、脸颊通红的巨人，一个面色苍白、提着几桶牛奶的仆人，一个手里拿着一根细枝的绿发猎人。

面色苍白的仆人把盛满牛奶的三只桶逐一递给巨人。巨人和绿发猎人制作奶酪时，这个苍白的年轻人走向敞开的小屋门，背靠左侧门柱，吹起了高山号角，让雷斯和他的牲畜们都极为享受。

面色红润的巨人把乳清都倒进桶里后，第一只桶里的乳清变成了红色，像血一样。

第二只里的变成了森林一样的绿色。

1　巴赫利萨普，位于瑞士哈斯利山谷中。

第三只里的变成了雪一样的白色。

一切就绪后，巨人朝雷斯叫喊起来。他勒令雷斯在这些桶中进行选择。他用洪亮的声音说：

"选红的，我就把它给你。喝下它。你会变得跟我一样强壮。站在你面前的任何人都打不过你。你会是山里最强大的人，将会有上百头公牛和它们所有的母牛围在你的四周。"

轮到绿发猎人发言了，他平静地对雷斯说：

"力量又怎样？一群牛又怎样？你要照料它们，帮它们挤奶、牵引、交配、下崽，还要在冬天喂食。喝绿色的桶吧，你的右手会变成金子，另一只手抓住的一切都会变成银子。金和银在口袋里只占一个小地方，比牛群在山上占的地方小得多。在这个世界上，你想去哪里就去哪里。你会是个富有的人。"

说完，猎人朝雷斯的脚边扔下一堆金银。

雷斯犹豫着该答应巨人还是绿发猎人。他不知所措，转向倚着左侧门柱、还没说话的仆人。他双手拿着高山号角。他把苍白的脸庞转向雷斯。他朝雷斯抬起蓝色的眼睛。他离开门槛。他走近雷斯。他说：

"我要赠予你的，很微薄，丝毫比不上他们许诺的力量和财富。可我，我能教你用真假声交替着唱歌。我还可以教你吹高山号角。动物、男人、他们的配偶、他们的孩子，都会服从于你。甚至桌椅也会在他们的小屋里跳舞。当你吹响号角时，公牛会用后蹄站立，跳过篱笆。这一切都在这只盛满白色乳清的桶里，就像你每天喝的一样。"

雷斯，这位巴赫利萨普的牛倌，选择了白色的桶和与之相关的馈赠。于是，音乐来到了人间，还有苍白与服从。

*

第一位统治爱尔兰的国王叫作奥楚，人称弗德里希（*Feidleach*）。子民们之所以叫他弗德里希，是因为他为人 *feidil*，意为公正。但是这个绰号还有另一个完全不同的含义。

奥楚曾经有四个儿子。他上了年纪后，四个孩子结成联盟与他对抗。他们在一个叫作德罗姆·克里阿什的地方和他交战。起先，奥楚想和儿子们商议休战。但是只有小儿子答应并离开了德罗姆·克里阿什，他不愿意与自己的哥哥们兵戎相见。另外三个儿子拒绝和谈。奥楚立即诅咒这三个儿子说：

"他们将落得同自己名字一样的下场！"

于是，奥楚冲锋陷阵，尽管他手下只有三千人，但却杀敌七千。他的三个儿子倒在了战场上。随后，三人都被斩首了，三颗头颅在白昼结束前被挂在了德罗姆·克里阿什。奥楚看着他们，直到夜晚降临仍一言不发，他把四个人——三个孩子和他们的父亲——都埋葬在了黑暗里。弗德里希的绰号由此而来，意为 *fedil uch*，长久的叹息，因为自从儿子们死于德罗姆·克里阿什的战场，痛苦就从未走出过他的内心。

任何一个战士都不会怀疑国王看到示众的头颅时有多么痛苦。所有人都尊敬他，因为国王没有摆脱自己的悲伤。

因为他没有发出哪怕是一声最细微的呻吟，所以人们称他为长久的叹息。

✲

言说，就是丢失。

他想在心里守护自己的孩子们。

夜间的洞窟、动物的口、人的嘴，都是一样的。

陈列画作的房间、放面具的房间、启蒙的房间、吃人肉的房间、禁止入内的房间、秘密的房间，都是一样的。

✲

当夜晚降落到三个儿子被割下的头颅上时，奥楚在德罗姆·克里阿什之战后的黄昏感受到的痛苦从来没有越过他的嘴唇，一直到他死去，包括在死亡的瞬间。

＊

被称为长久的叹息，因为他忍住了叹息，直到去往死者那里，和他们相会。

＊

在唇边溢出的长久叹息，倾吐出的无限叹息，无尽的啜泣啊，它什么都留不住，它释放一切痛苦去呼唤痛苦，去爱着痛苦，这就是19世纪欧洲音乐整体上所呈现的模样，如同奥楚国王的反义词。我把1789至1914年间所谱写的一切都称为欧洲浪漫主义音乐。这种音乐彻底变得难听、感性、可耻，它从此便是世界性的，因电气化而成倍增加，在本质上是好战的。在父辈的土地上流出的思念之泪，来自弗雷德里克·肖邦，来自理查德·瓦格纳，来自朱塞佩·威尔第。浪漫主义的欧洲创造了什么？可怕的战争。民族主义是浪漫主义者的强烈请愿，他们将其构想为一种战争的权力，被视为 feidil，意为公正。

关于古爱尔兰国王的书中的传奇说，feidleach 的意思不是公正，而是 fedil uch，长久的叹息。

突然，战争被浪漫主义者定义为一种解放。

✳

埃克哈特[1]大师评论了圣奥古斯丁。

4世纪末，罗马被侵略前的十二年，圣奥古斯丁在《忏悔录》第四卷里提起自己在迦太基教授修辞学的岁月："我的灵魂，在属于你心灵的耳朵里是个聋子。"

图林根人埃克哈特在十个世纪后问自己："如何在心灵的耳朵里（in aure cordis）成为聋子？"他又说："我种下了刺和荆棘。"

埃克哈特又写道："我建议抛弃所有能发出声响的东西。以赛亚曾说：'在旷野，有人声喊着说。'你是否在自己身上找到了旷野的印记？"

埃克哈特评论道："同样，为了让嗓音被听见，让它在你心灵的耳朵里叫喊，那就在你的心灵里造出一片让它叫喊的旷野吧。变成旷野。聆听声音的旷野。"

这是埃克哈特提出的第一个论据。

✳

埃克哈特又提出了第二个论据："听到是以时间为前提

1　埃克哈特（约1260—约1328），中世纪德意志神学家、神秘主义哲学家。

的。如果说听到以时间为前提，那么听到上帝，就是什么都听不到。

"什么都听不到。

"离开音乐吧。"

✳

埃克哈特还提出了第三个论据："有些人想借助一点风就在海上行走、穿越海洋。他们这么做了，却没能穿过去。

"大海不是一个平面。它是从上至下的深渊。

"如果你想穿越大海，那就沉没吧。"

论九

祛魅

声响和声音的住所在空间里划定了一个圆形的天空薄膜，它的厚度不及地球半径的百分之一。这层包裹里有：1. 露出水面的陆地表面；2. 一定深度的海洋；3. 处于这两种成分边缘的大气区域。

风、火山、海洋和在水上陆地出现的生命，它们特有的一切声响和声音很是丰富，强制着世界上的所有听众都去听那特殊的歌声。

动物叫声在世界上的住所是微小的。

人类语言在世界上的住所是渺小的。

＊

在欧洲社会，直到 1914 年，公鸡都意味着黎明，狗意味着有陌生人，号角意味着捕猎，教堂的排钟标志着时间，喇叭标志着公共马车，丧钟标志着死亡，嘈杂标志着寡妇再婚，笛子和鼓标志着狂欢节上供奉的塑像。很少有巡回音乐家的小提琴标志着年度节日、围绕着始于史前的游戏木棚。

为了听到书写的音乐，就要等待星期天，等待大弥撒，等待管风琴里的风吹响和弦，让它们在整个殿堂里回荡。

听众的后背突然颤抖了。

曾经的罕见之事如今发生的频率远远超过一次。曾经最为非同寻常的，成了像战斗一样对城市不断攻击的围剿。人们成了音乐攻击的对象、包围的对象。调性的管弦音乐更多地成了社会张力（tonos），而不是乡土语言。

于是，在德意志第三帝国的全面战争后，由于曲调的复制技术，对音乐的爱与恨第一次反照了奠定声音控制的固有的、原始的暴力。

*

法西斯主义与扬声器有关。它通过"无线电－传声"来扩张。后来被替换成了"电－视"。

在 20 世纪，一种历史性的、法西斯主义的、工业的、电器的逻辑——无论人们想用哪种修饰语——控制了具有威胁性的声音。音乐从此跨过了将其与噪音对立的界限，采用的方式不是增加自己的用途（相反，它的用途已经很少），而是增加自己的复制品以及听众的数量。在城市，旋律的传播产生了恐怖症的反应，以卡宾枪谋杀的形式英雄般地堕落。

在乡村，侵略（飞机，拖拉机，电锯，步枪的轰鸣，越野摩托车，有隔板的钻床和螺纹车床，铡草机，垃圾车，电视机，或者甚至是一公里之外被脉冲、被风带来的电唱机）很是少见，有时让人能够一点一点地重新做出非－噪音一般的音乐。

只有在乡村，我才会快乐地再次弹上一小会儿那古老之物，它是非凡的、召集性的、剥夺性的、迷惑性的，它曾经有个名字，叫作"音乐"。

＊

第二次世界大战以来的音乐变成了人们不想听到的声音，如果重拾我们语言中一个古老的词语，那么它就变成了一种争吵（noise）。

＊

甚至是西方世界里祷告场所建起的寂静储室，尤其是奉行天主教仪式的基督大教堂和教堂建造的寂静储室，都被配上了声带，试图以此欢迎游客、让他们不因寂静而恐慌，还有，更荒唐的是，以此让他们脱离祷告的可能。

＊

赫西基奥斯[1] 说："祷告，是静止的沉思。"

这位荒漠中的僧侣还写道："祷告是一只被猎犬围得动弹不得的野兽。"

赫西基奥斯最后说："祷告，是在寂静中保持警惕的死亡。"

＊

有这样一种情况：在连祷中发出耶稣秘密的名字（*Ichtys*[2]）时，于心跳之上叠加呼吸节奏，荒漠苦行者们称之为"用手鼓和竖琴歌唱"。在说明不断使用连祷的依据时，他们说："意义之外，便是动词之躯。"

语义之外停留在语言之躯上：这是对音乐的定义。

＊

神父马克西姆[3]写道："祷告是一扇门，让动词通过，它于是变得赤裸且忘我。"

1　赫西基奥斯，生活时期在 7 世纪至 8 世纪，西奈巴图斯修道院神父。

2　Ichtys，希腊语的拉丁字母转写，耶稣鱼，基督教的一个代表符号。

3　神父马克西姆（580—662），拜占庭僧侣、神学家。

*

当音乐在过去尚为罕见，它的召集就和它会令人眩晕的诱惑一样震撼人心。当召集如今不止不休，音乐就变得令人厌恶，而且是寂静在呼喊，在变得庄重。

寂静成了现代的眩晕。同样，它在特大城市中构建了一种非凡的奢侈。

第一个感受到它的是韦伯恩[1]，他死于美国人的一声枪响。

自我牺牲的音乐从此吸引着寂静，就像诱鸟笛吸引着鸟儿。

*

祛魅，意味着什么？

摆脱音乐的力量。把中蛊的人从对巫术的服从里拉出来。驱除恶灵，驱除作为死亡污迹的恶。萨满面对的选择并不难：要么让灵魂无法忍受自己择为栖身地又使其生病的身体。要么用诱饵引它们离开。

1　韦伯恩（1883—1945），奥地利作曲家，第二维也纳乐派代表人物之一。1945年前往萨尔茨堡看望女儿、女婿时被一个美国士兵误杀。

祛魅，是以恶制恶。它使灵魂显露在外。灵魂被引诱至别处，被固定在其他事物之上。

*

在 18 世纪，安托万·加朗[1]常用"中蛊的"来意指"消沉的"。消沉是一种巫术——无论施法的是雀鹰喀耳刻还是塞壬。在他看来，神经消沉依然是一种要被"祛魅"的中蛊。

*

人类不再归顺于对自然声音的生理性服从。他们突然归顺于欧洲电气化怀旧旋律下的社会性服从。

*

古代中国人此言有理："时代的音乐能反映国家的状态。"

---

1 安托万·加朗（1646—1715），法国东方学家、翻译家与考古学家。

*

让我们的社会摆脱对服从的迷恋。在我们的社会里，对秩序和奴役的喜爱已经变得歇斯底里。最残酷的战争就在我们面前。它是和平时代里越来越恐怖的交换物和牺牲代价，而交换和牺牲的对象则是对社会、医疗、司法、道德和治安的保护。

*

无止境增加的音乐，它和在书本、杂志、明信片、电影与光盘储存器中翻印的图画一样，都被夺去了自己的独特性。它们被夺去了独特性，也就被夺去了真实性。与此同时，它们也蜕去了真理。它们的倍增剥夺了自己的出现。剥夺它们的出现，也就是从它们身上剥夺了原初的迷恋，剥夺了美。

这些古老的艺术变成了镜子上炫目的闪烁，变成了没有源头的回声在窃窃私语。

变成了复制品——而不是神奇的设备、护符、圣堂、洞窟、岛屿。

国王路易十四只听一遍库伯兰或夏庞蒂埃在他的礼拜堂或卧室里特地为自己推荐的作品。第二天，又会有其他作品准备第一次也是最后一次响起。

由于这位国王欣赏书面的音乐，他有时就会要求听两遍自己尤为欣赏的作品。宫里人对他的要求感到震惊，议论纷纷。回忆录作者们在自己的书中提到了这一点，把它作为一个独特之处。

*

在数千年里，音乐的场合独特、不可运输、非凡、庄重、仪式化，如同面具的集会、地下洞窟、神庙、亲王或皇室的宫殿、葬礼和婚礼。

*

高保真设备变成了文字性严肃音乐的终场。人们听着复制的物质性忠实，而不再是死亡世界那令人惊愕的响声。对真实的过度模拟取代了在真实空气中发展又被吞没的真实之声。音乐会和直播的条件越来越冒犯那些认知变得技术化和古怪的听众。

这是声学上的听到。是听到我们的掌控之物，我们可以升高或降低它的音量，可以打断它，或者我们可以用手指和眼睛来开启它的无所不能。

和我们这个时代的用法相反，弗朗索瓦·库伯兰说，没有更好的办法（没有从亡者世界里带回神奇乐器的办法，那是太阳消失的国度，是极点，是一切可见消失之地的极端语言）来弹奏羽管键琴了。他说自己会边听音乐边写音乐，超脱于乐器可以在空间里奏响的事物。

他认为，一切乐器在根本上都是无能为力的，也是不完整的。

∗

在古老的世界里，虽然粉色石英岩做的门农像被打碎了，但它在太阳升起时依然能让人听到自己的歌声。所有希腊人和所有罗马人都会越过海洋来听一听埃及人民敬仰的石神的歌声。塞普蒂米乌斯·塞维鲁[1]让人修好了它。它再也没有发出任何歌声。

∗

胶质密纹唱片的时值（三分钟）在现代音乐上强加了令人疲惫不堪的短促。

1　塞普蒂米乌斯·塞维鲁(145—211)，罗马帝国皇帝，塞维鲁王朝的开创者，是首位来自非洲的罗马皇帝。

＊

音乐想用录音来止痛，这一意图在使它不屈从于书写捕食的同时，让它在催眠中得到恢复。

矛盾的是，交响乐队和扩音"电子"乐所特有的低频声响产生的颤动——如从前管风琴的 16 英尺簧管音栓发出的声音——曾让一部分听众在痛苦里跌倒。

＊

阿尔贝蒂低音[1]分解了和弦，让它连续地低沉响起或是均匀而清晰地响起。这旋律像是海洋和催眠的动静。阿尔贝蒂低音变得令人无法忍受。

＊

已经被唱出的，魅惑着老人。老人们只属于已经被唱出的。他们不再是人，而是副歌。从未有哪个世纪像本世纪一样如此翻来覆去地讲着从前的音乐。

1　阿尔贝蒂低音，指左手部分将和弦的三个音按照低音、高音、中音、高音的顺序依次奏出并重复的分解和弦音型。

*

犹太人听不惯穆安津的嗓音，就像穆斯林听不惯大弥撒的排钟。

只有宣扬寂静的无神论者是它们所不能强迫的。

*

也许我对罗兰的象牙号角没有兴趣，但我讨厌电话的铃声。

*

勒·库桑有言："我们像青木一样。我们身上的火冒出的烟要多于它产生的光。它的爆裂声要强于它迸出的火焰和散发的热量。人类离听觉上的痛苦更近，而不是天使般的视觉。"

*

从有史记载的时代以来，也就是从叙述的时代以来，第一次，人们在逃离音乐。

*

我在逃离无法逃离的音乐。

*

老房子的奏鸣曲无视微小的一代又一代的人，它是一种缓慢，超越了历代住户的记忆。地板在呻吟。百叶窗在拍打。每一层楼梯都有自己的谱号。衣橱的门吱吱呀呀地响，老旧皮沙发的弹簧回应着它。屋里所有的木头在夏天被晒干后，就组合成了既规整又无序的乐器，演奏着一支沉沦之曲，而拨弄乐器的是一种摧毁，它因有效而更具威胁，即便它的缓慢从来没有让它完全被人类住户的耳朵所感知。

老房子唱着一种并不神圣的曲调，它的范围不属于在这里成长或死去的人，不属于我们曾经认识的人，不属于只是在黎明或夜晚于此处唱歌的人。这是缓慢的单调旋律，在对一个家庭说话。这个家庭由数代人组成，它在活动，它的任何一个承包元素和任何一个私人的、临时的分子都不能真正捕捉到它，它在自己显示出的废墟上呻吟不断。

﹡

适应一段固定旋律的词语，它们什么时候离开了只适应语言规则的词语？

话语、歌曲、诗歌和祷告，它们的到来晚了一些。

公元前20000年，有一小群人会捕猎、绘画和塑造动物形象，他们低声歌唱着简短的口号，奏着音乐，乐器有诱鸟笛、共鸣器和用带骨髓的骨头制成的笛子，他们还戴上和自己一样野蛮的猎物的面具，跳着自己的秘密故事。

﹡

维摩诘生活在佛陀时代，佛陀生活在居鲁士大帝的时代。当时，雅典人还没有创办出酒神狄俄倪索斯节的悲剧竞赛。埃斯库罗斯还是个孩子。维摩诘住在毗舍离。他很富有。有一天，一位比丘指责了他，聪慧的商人回答说，糟糕的隐居所里的幻觉并不比漂亮宫殿里的少。

作为俗家人，他在悟性上超越了僧侣。他说：

> 俗家人的白衣和出家人的袈裟（kesa）都看不见自己，因为不论在何处，一切都是不可见的。
>
> 在神的旁边，没有任何一座雕像矗立，除了歌唱着

的音乐家的雕像。当他调好鲁特琴的三根弦，一切都从未响起。不论在何处，一切都是不可听的。

我不了解寺庙里的雕像，因为没有任何一种表象能配得上如此不可见的事物。我不了解布道的嗓音，因为没有任何一场讲道能配得上如此寂静的事物。什么路都没有。

✳

商人维摩诘说道：

听众这个词是没有根据的断言。你在哪里见过听众？没有语言在对我们说话。没有让语言闭嘴的寂静。

✳

商人维摩诘说道：

精、气、神三宝的后代在哪里？它是这孩子在追逐的红色弹珠。

佛陀的雕像在哪里？解脱之神的雕像就如这位妇女排出的粪便，她蹲在矮树丛前，脸上的褶皱说明她在努力。

音乐在哪里？音乐就像老人口中的永别一词。

*

商人维摩诘还说:

是什么让音乐在音乐家的心中成熟? 是什么让看到女人的男人性器官膨胀? 他在窥伺时, 他观察的不是那对乳房的乳晕和大小。他靠近她时, 吸引他的不是她腋下和头发散出的味道。当他进入她的身体时, 他寻求的不是她性器官上的圣油, 以期将自己的林伽[1]包裹。

男人不知道自己在女人身上寻找的是什么物体。

它是一个幻觉。这就是他乞求的东西。

这就是为什么恋人们会伸出双手: 他们朝对方伸出双手, 因为他们在乞求。

这个幻觉几乎是看不见, 甚至触不到的。人们几乎听不见它, 也摸不着它。它是某种纤细的东西, 可与形容词和词性的搭配相比。它也和区分嗓音的音色或音区一样微妙。它是从前听到过的一种尖细嗓音, 是所有孩子的特征, 男孩会失去它, 而女孩也不会完全保有它。它是一种遗留的尖细嗓音。这就是口腔嗓音的特征所产生的幻觉, 这种口腔嗓音脱离了男孩的嘴唇, 他们变了

1　林伽, 印度教湿婆派和性力派崇拜的男性生殖器像, 象征湿婆神。

声，被送到乐器上。这就是音乐特有的幻觉。这就是在沙漠中迷路者眼中的海市蜃楼，依然相信男人和女人。这就是有些人合上眼睑后的梦境，他们深信生者和死者之间的区别，相信祖辈的存在，认为在地下有另一个世界，离去的人在那里吃喝、歌唱、叹息、哭泣。

没有他世，因为本无世。

*

他们用钥匙劈开木头。他们用斧头打开门。

*

他们的耳朵里有老茧。

*

人类的生活是嘈杂的。人们聚集的集合立方体被我们称为嘈杂，或者城市。争吵是他们特别的气味。那不勒斯、纽约、洛杉矶、东京，这些就是这个时代里可怕的音乐。

*

北京嘶哑的声响。横穿北京城大道里的声响，它巨大、嘶哑、刺耳、生锈、缓慢，充斥着车鸣和刹车声。

＊

集市（*Bazar*）和吵闹（*vacarme*）是同一个词。波斯词语 *bazar* 可以被分析成 *wes-car*。亚美尼亚词语 *vacarme* 可以分解为 *waha-carana*。两者都指商业街（字面意思为"步行购物的地方"，城市）。

苏美尔人的文献上说，阿卡德人的诸神在人们大声吵闹时就再也睡不着了。他们随着时间的流逝失去了自己的力量，也失去了在天际的光辉。于是，诸神发了一场大洪水来消灭人类，以浇灭他们的歌声。

＊

演奏者追逐的猎物，是公众的寂静。演奏者在寻找这种寂静的强度。他们力图把全神贯注听自己演奏的人们投进一种极端状态：空无的听觉，先于声音响起。

穿透事先的声音之底，以让位于特殊寂静的地狱、人类寂静的地狱。

以下是克拉拉·哈斯基尔[1]在香榭丽舍剧院演奏完莫扎

1　克拉拉·哈斯基尔（1895—1960），罗马尼亚钢琴家。

特的 E 小调奏鸣曲时所说的话。她对热拉尔·鲍尔[1]吐露道：

"我从没遇到过这样的寂静。我不知道自己是否还会遇到它。"

六天后，克拉拉·哈斯基尔在布鲁塞尔南站没扶稳栏杆，头朝下摔在了楼梯上。

＊

所有创作的人都是正直的人。艺术如何证明手艺人？创作尚未存在之物的人，出其不意的情感能为他们作证，他们看着自己以前的作品时会感觉到这种情感。

当我们创造时，创造的惊喜会溜走，因为我们对它做了准备和调整。但时间在流逝。而且，若是我们记不得艰苦的制造，它就会给我们带来惊喜。各种源头交织在一起的命运使我们向源头的汹涌靠近。是这种朝向混沌的接近在审判我们。它是我们唯一的审判。对于接近作为回报给我们带来的喜悦，我们不能真正地归功于自己。在我们的所作所为中安慰我们的，不是人们的认可，不是销售的那一刻和由此产生的利润，也不是某些人的赞美，而是一种等待，等待这些不可预见的回报。赋予我们生气的，不是

1　热拉尔·鲍尔（1888—1967），法国评论家、批评家。

另一个世界或者若干世纪里的一个后代：而是对我们所做之事的遗忘，它像一道崭新的光亮回到我们身上，把我们的生命许给惊愕与自我毁灭的短路。这些都是恍惚。我们为自己创造了迷失在自己作品中的幸福。于是，日子如掷下的闪电一般迅速过去。于是我们流下了眼泪，它不再是我们个人的眼泪，它是在被震聋的诸神发的第一次大洪水中缔造的泪水。我们被吞没了。

＊

作品让规则感到害怕。远洋让海鸥感到害怕，就像老鼠喜欢人口稠密的城市里的下水道。

做出审判的人永远都待在岸上。他们叫喊着，引发自己迫切希望的海难。

那是海鸟的刺耳叫声，飞翔在黑色浪潮的白色泡沫之上。这叫声里满是悲痛。它们寻找着可以充饥的碎屑。它们寻找着可以栖息的失事船只的残骸。

＊

塞壬，这个指称荷马史诗中虚构鸟儿的词，为什么最终也用来表示 19 世纪工业场所里尖锐又可怕的召唤，表示在不祥之地召集消防车、警车和救护车？[1]

＊

它们寻找着可以栖息的失事船只的残骸。

应当说："死亡饿了。"

这是失败的差事。

＊

道德规矩、美学规矩、政治规矩、宗教规矩以及社会规矩，它们的卫道士总是有理的：他们紧盯着对群体的象征性监控。

＊

安娜·阿赫玛托娃把报纸上的评论和学校里的文学教授称为"监狱看守"。

＊

我注意到，所有我讨厌的人都有一副士兵立正的模样。

---

1 在法语中，sirène 指塞壬，也指汽笛、报警器。

＊

我不知道音乐在什么时刻脱离了我。一个晴朗的早上，一切有声的事物突然让我没了兴趣。我几乎不再习惯性地走近乐器，或者看一看它们的美。我几乎不再打开乐谱，曲调不再响起，或者说它变小了，又或者我总觉得它像是另一种事物，疲乏诞生了。我内心对阅读书籍的渴望、节奏和缺失之感挥之不去，却没有任何一点歌唱的欲望。

音乐如今成了无法忍受的消遣，那曾经于我而言是世界的尽头。

＊

我们也是攀爬着的奇怪谜语，把根伸进未来，朝过去的天空铺展开。

起源对我们的纠缠要多于死亡，这是有可能的。更频繁地造访我们的，是洞窟、羊膜（amnion）的黑暗之水、童年时的尖细嗓音，而不是死尸的躯体和腐烂的寂静。

＊

我的手指空空如也。

我受不了秩序、意义与和平。我收集着时间的后果。

我把自己一直都不明白的过去和现在的规则辦成碎片。

逻各斯在从前意为"收集"。我收集残渣、转瞬光线的缺口，

"死亡间隙"，

擅入者和迷失者，

岩穴的齷齪（*sordidissima*）：夜晚是所有世界的底部。一切都走向非 – 语言。我曾经努力让那些事物回来，它们没有规则，没有歌声，也没有语言，它们游荡着走向世界的源头。要思考，直到一种空洞的捕食功能没有了出路。在奥古斯都让帝国浸在血泊里时，或者在对独居者的怪异驱逐（罗马帝国、教会规则和世俗国王都追捕他们，想根除他们）发生时，我本想重振罗马人隐修的风气。这一做法会扰乱史学家构建的图景，但若非如此，我也不会想这样做。我喜欢把一切都重新投进一种神话活动里。[1]

出生没有任何理由，也不知晓结果：当然不知晓死亡。

没有结果，因为死亡不会抵达。死亡不会终结：它在中断。

1　此处为原书的特殊格式。

✳

死亡间隙是时间向我们伸出的手。虽然死亡在中断，但这中断就在我们身上；它在我们有性的身体里，在我们的出生里，在我们的叫喊里，也在我们的睡眠里。在我们的气息里，也在我们的思想里。在我们的双脚行进里，也在人类的语言里。

死亡间隙，我们是它不稳定的依靠，它炸裂成了一切。

✳

光，有自己的歌声。

我喜欢火，是因为它的叫喊。

蜡烛的灯芯在千百年来噼里啪啦，而电线则在嗡嗡作响。

✳

我们在世界上的任何地方都能找到电光所特有的嗡嗡声。

这是世界的"音调"。

＊

电视节目对作家抱有兴趣，就像高压线对鸟儿抱有兴趣：也就是，同时，碰巧，将之杀害。

＊

北欧的人类旋律以无形且持续的方式投入所有那些人们曾聚集的地方，他们曾聚集得像召唤夏天的蝉鸣。

夏天的诱鸟笛歌声。

太阳的打扰。

＊

柏拉图称它们为音乐家。古希腊人很喜欢蝉的歌声，就把它们关在笼子里，挂在自己家里。

＊

提托诺斯是拉俄墨冬[1]之子、普里阿摩斯的哥哥，他曾经是世上最俊美的男子。

---

1 拉俄墨冬，希腊神话中的特洛伊国王，提托诺斯和普里阿摩斯均为其子。拉俄墨冬死后，普里阿摩斯继位，为最后一任特洛伊国王。

黎明女神奥罗拉看见了他。她把他诱拐走了。她爱他。她请求宙斯让自己的爱人永生。宙斯把永生赐给了最俊美的男子。但是奥罗拉急急忙忙提出请求时，忘了明确要使他保持年轻这一点。所以，当他的爱人还是原来的模样时，提托诺斯自己却老去了，萎缩了。奥罗拉不得不把他像个牙牙学语的孩子一样放在一只柳条筐里。后来，当爱人的身体老到只有一根手指长的时候，她把他变成了知了。她把他放在笼子里，挂在一根树枝上，看着自己唱个不停的小丈夫。

早晨，她无法从自己丈夫变成的微小娃娃身上得到满足，女神哭了。奥罗拉的眼泪变成了露珠。

＊

伊壁鸠鲁的学生塔兰图姆的勒俄尼达斯写道：

在弦的一头，有只紧绷的虫子
伸向黑暗之水。像竖琴的声音一样
弦松开了。比起蜘蛛手中的
苍蝇干尸，这诱饵更加干枯。
人啊，一个黎明又一个黎明，你是哪种芦苇做的
笛子？

＊

我们的祖先青蛙（绿蛙，*rana esculenta*）生活在死水里，或者在水流缓慢的河里，在阳光下于漂浮的植物上栖息。我想起那是多么的惬意。

嘶哑，是雄蛙发情的歌声，巨大的鸣叫声，咧开的嘴，还有它们鼓起的共鸣声囊。嘶哑，最终是吵闹的交配。

我明白了为何斯帕兰札尼[1]神父每天早晨在开始关于电的决定性实验前，都会给雄蛙穿上小小的塔夫绸裤子。

那是雨水的诱鸟笛。

谁不喜欢吃蛙类的精子（*sperma ranarum*），什么东西的味道能超越鱼子酱？野猪食用青蛙的受精卵，像在食用大地赠给独居者的顶级糕点。

秧鸡更喜欢青蛙本身。

奥维德说，雄性徒劳地朝伴侣喊出自己的欲望，撕扯着自己的嗓子，直到发出蛙鸣般的叫声。奥维德还说，这就是雄性变声的起源，而雌性在拒绝的叫喊中使嗓子永久嘶哑。

1　斯帕兰札尼（1729—1799），意大利生物学家。

＊

特里马尔奇奥说自己小时候去过库迈。他看到了存放在瓮里的不死的西比尔的干枯残躯，瓮挂在阿波罗神庙里的石头角落。按仪式，孩子们在黑暗的神庙里行进。他们突然在双耳细颈瓶下叫道："西比尔，你想要什么？"一个深沉的嗓音从瓮里传来，像是从岩石角落里传出的回声，它用一成不变的嗓音答道："我想死。"

＊

这就是歌唱。

我想死（*Apothanein thelô*）。

＊

夜晚寂静的小路。

克里特的提涅斯[1]写了一首短诗，献给被猛禽吞食的鸟儿，他描写道：

你气息里的吱吱声和装饰音如此悦耳动听

---

1 提涅斯，生活时期在公元前 2 世纪，古希腊诗人，来自克里特。

它们走在夜晚里寂静的小路上（*siôpèrai nyktos odoi*）。

＊

寂静之于耳朵正如夜晚之于眼睛。

＊

隐士许由拒绝从尧帝手中接管国家，两年后，他扔掉了别人送给自己用来舀水的葫芦。人们问他为什么扔掉，他回答说：

"我忍受不了葫芦挂在树枝上时风钻进去的呻吟。"

几年后，许由声称，比起所有音乐，他更喜欢垂下胳膊用手舀水时的声音。他跪下。他在河边弓着上身。他把手蜷缩成一只贝壳。

＊

汉斯·安徒生的小美人鱼把嗓音给了女巫，她死后变成了海浪的泡沫，她将浪潮覆盖，说道：

"我在朝谁而去？"

＊

伊什塔尔拿着一架竖琴，胳膊肘靠在大海前的岩石上。一片大浪涌来，停住了，问她：

"你在为谁歌唱？人类可是聋子啊。"

＊

我不知道是在哪里读过这个故事：一个哑巴男子在梦里见到了自己的母亲，却不能向她倾吐自己的苦恼。

＊

我任由大提琴上的弦松弛下去。我不再登上管风琴台。我不再鼓动起阵阵风儿。我不再坐在泛黄的键盘前。

我放下了这本我在塑料椅上写下的书，我曾经把这张椅子放在面前的草地上用来跷脚。刺柏下面只有我的脑袋了。

寂静是一种震耳欲聋的喧嚣。

又白又厚、又缓慢又灼热的光线侵袭了双腿。阳光热得像是给它们盖上了水。

我把草地上的塑料椅往后挪了挪。生活令人疲惫不堪。我的头在转，但事实上是我在转动脑袋。花园里的花儿没那么多了。

季节在往前走。

沿着老墙生长的蔷薇投下最后一串串花序，但垂在它们周围的叶子却已经枯萎。河边茂密的榛树不再浓绿：它变成了黑色。河水在它脚下流得更加缓慢。人们甚至都不知道它是否在流动。它的移动和风都没有在河面上勾起一丝涟漪。人们不知道大海是否依旧吸引着波浪。两棵修长的白荨麻朝大海倾斜。它们把自己的面庞伸向在黑水中闪烁着的倒影。一只蜻蜓栖息在旧拖网的铁圈上。指称拖网的词语再也带不来哪怕一个收网时的运输回忆。那曾经是一种古老的运输、寂静的运输。鸭子沿着伸向河水的枯草地排成一队睡觉。除了门厅下的忍冬（老实说，我们只有靠近小屋时才会闻到它），我们在园子里察觉不到任何味道。只闻得到自己身上的热气。有时候，一个小时里有那么一两次，不知从何处飘来一种腐烂、死亡般的芬芳，这是真的。什么都没有在动。

什么都没有，什么都没有再动。

我甚至再也听不见让我保有生气的气息。风不再存在。整个大大的竹园时常摇晃，很少颤抖。在它前面，金雀花裂开了自己又黑又干的豆荚，猛地把果实抖落在被剃平的黄草地上。从来没有任何与人类有关的事物对这个世界具有重要意义。从来没有任何与人类有关的事物唤起过河水与花朵的兴趣。在光热之上，太阳之热又加了一层朦胧的薄雾，在薄雾的点点颗粒中，一切都模糊了。正午的太阳开始衰退。连亡者之河也睡着了。从来没有任何与人类有关的事物对停滞不前、不再清凉的水具有重要意义。从来没有任何与人类有关的事物对造访人类睡眠的梦境具有重要意义。从来没有任何与人类有关的事物对幻觉具有重要意义，幻觉在合起的眼睑之下令人炫目，当他们看着它、无视它、睡去时，它会猛地竖起他们的性器官。

论 十

关系的结局[*]

瓦尔蒙子爵望着圣芒代草原上的绿草。他衬衫的一只衣袖被铁器撕碎了：他的胳膊挨了一剑。他静静地朝当瑟尼骑士的尸体背过身去。他登上了马车。

　　子爵猛地拉开床帏，床上躺着德·图尔韦院长夫人。她额头上满是汗水，双唇在房间的寂静里发出嘶哑的喘息。他叫喊着下了命令，抬起她的上身，极为轻柔地解开紧紧勒着院长夫人脖子的绸缎睡衣。德·图尔韦夫人赤裸的胳膊又白又瘦，在蜡烛微弱的光亮中，让他动了心。他喂她喝下一大杯科尔马梨子酒。她恢复了意识，看见他，边喊他的名字边攥住他，紧紧地抱着他。她紧抱着他，他占有了她。之后，她恢复了生气。第二天，虽然巴黎冷得很，但他们一早就走进了黎明厚厚的晨雾里。瓦尔蒙成了一位厉害的金融家。德·图尔韦院长夫人准备着晚宴。她在拯救自己的夜晚。

*

在最彻底的寂静里，圣芒代草原上的目击者们抬起当瑟尼骑士的身体，放在担架上。他们小心翼翼地把他抬到温森斯的一位医生家里。医生救了他。六个月后，当瑟尼被安顿在九姐妹之家，他在那里结识了罗昂公爵、美国人本杰明·富兰克林、画家格勒兹、吉约坦医生、丹东和休伯特·罗伯特。在大革命中，他投票支持处死国王，并支持制宪会议在过去的雕像上打碎"所有人的所有生殖部位，旧君主专制制度的可恶残孽"。

*

在塞纳河右岸的歌剧院里，梅特伊夫人微笑着朝子爵和院长夫人打了招呼，不再言语就走到他们前面去了：此时的情人在她的头部上方掀开了马车的门帘。梅特伊夫人逃过了天花一劫，她的面庞未受损伤。她不但赢了官司，法院还判她享有一笔一万八千里弗尔[1]的财产。她留在了巴黎，虽然她的信件给人的感觉并不是这样。侯爵夫人的名声虽然被不断玷污，可还是恢复了。在社交场上、在剧

_____

1　里弗尔，法国的古代货币名称，1 里弗尔约等于 12 盎司。

院里，男人们纷纷向她献上殷勤，都已经干扰了她的日常生活。她决定去旅行，一个人的航海旅行，就在勒阿弗尔"恩典港"登船，穿过英吉利海峡，坐着篷盖马车穿过汉普郡的乡村。突然，在滚滚尘烟、嘈杂和颠簸中，她示意车夫停下，去往迪恩镇上一座有二十个房间的小屋。一条又长又曲折的灰色石子小径通向那里。在屋子后面，草坪中间有一汪大池塘，一棵紧挨着的小树是它的边界。

地平线上，低矮的山丘和薄雾互相交融。空气润润的、蓝蓝的。

一切都是沉默的。

＊

每天下午，梅特伊夫人都会去看看自己的贫民。她认出了其中的两位——卡桑德拉和简，她们生活在镇子边上的史蒂文顿小教区，而且她喜欢和她们一起唱埃克塞特的杰克逊的曲子。侯爵夫人向一位皇家连队的前弓箭手学了拉维奥尔琴[1]。她在家里邀请年轻的朋友们来演奏亨德尔或者凯得维路瓦的小三重奏，时不时被突然的爆笑打断。简递

1　维奥尔琴（basse de viole）是一种古提琴，一般有六至七根弦，演奏时被竖着夹在两膝之间。

给侯爵夫人一份普赛尔的老曲子，风格相似，琴谱缠着灰珍珠色的狭缎带，这段音乐虽已久远，但还是震惊了侯爵夫人。卡桑德拉吹笛子，简弹羽管键琴，侯爵夫人负责低音部，用脚打着节拍：她们看谱即奏了整个老旧的手抄本。视奏结束后，夜已经很深了；她们喝着酒，说着不着边际的话；侯爵夫人唆使她们干蠢事，但是奥斯汀小姐们表示反感。突然，公鸡啼叫了，简满面苍白地从沙发上起来。她拉着姐姐的手，两个人都提着裙子往教区赶。侯爵夫人让人给简买了一台真正的钢琴，价值四十几尼[1]，想收买她，以此拿下史蒂文顿的书房，早在一百年前，那里是猪睡觉的地方。侯爵夫人不喜欢那种含糊的、并因此模糊又感伤的声音，可简却欣喜若狂。侯爵夫人拿来了在伦敦找到的一切署有亨利·普赛尔之名的作品，尝试用自己的维奥尔琴弹奏出来；她专心于歌唱，希望能够唱出它们，但是两位女孩不愿意帮她演奏在她们看来太过浮夸的音乐。没关系：侯爵夫人喜欢上了板球。从此，她身着骑装，咒骂时下风行的俗气的裙子不方便。在简的建议下，她迷恋上了克雷布的诗。她越来越经常地在小树林里散步，树林沿着府邸，一条小溪穿过其中，溪水被一条不牢固的细水渠一直引到

1　几尼，英国的古代货币名称，1 几尼等于 1.05 英镑。

水塘里，水渠被榆树给遮住了。她在自己的贫民里选了三四个年轻的板球手，当性欲突然在腹中灼烧时，她就叫来他们。她让他们戴上动物面具，好看不见他们，只看得见生命，或者至少只看得见她眼中最真诚、最动人的一种外表。她厌倦了年轻男子。和年轻女孩们的交谈也变得乏味，而她们对普赛尔作品毫不遮掩的蔑视每次都会令她更加沮丧，可正是她们让她发现了普赛尔的作品。虽然简的话刻薄尖酸，但是侯爵夫人在这两百年古老音色的感动下，没有一刻觉得自己正在老去。她准备离开汉普郡。

　　随着年纪的增长，她有了一些怪念头，但是在迪恩镇，却并没有显得令人讶异：她本想做一只袋鼠。她认为格陵兰并不存在。同时，她还声称上帝也不存在。她相信并确信男人会飞。她相信最强烈的味道正在从这世上消失。她表示在春天，自己愿意成为花朵前的一只小飞虫。她宣称自己喜欢的力量在女人的眼神里，在她的两位女性音乐家朋友中更年轻那位的眼神里，在她曾经认识的一个男人的眼神里，在狗儿的眼神里，在吞食遍布汉普郡的橙黄色松鼠的白夫人[1]的眼神里。她对 7 月里栗树影子的喜爱要超过

1　白夫人，西方传说中多种生物的指称，可以指仙女、女巫、夜间的洗衣妇，也可以指女性幽灵。

一切，甚至超过快感。她开始喜欢把长椅拖到草坪上。她还喜欢用碎草莓做的菜、E 大调的音阶、窗户那边传来的维奥尔琴之声、水之美、水声之美和自然界的倒影之美，大自然看着自己，倒影被一片落下的叶子或一块投掷的灰色石子打破，寂静和随后的瞬间静静地将它修复。

＊

1798 年 3 月，梅特伊侯爵夫人抛弃了自己的小女友和板球手，回到了法国。她在迪耶普下了船，没有去巴黎，而是坐车前往自己位于雅尔若的府邸，离奥尔良不远，在卢瓦尔河畔。

她看见了荒废的城堡。她花了三个月让人重建。她把工人们留下来泡在石头、灰尘和噪音里，她犹豫了很久，终于鼓起勇气决心自己前往巴黎。

1798 年 9 月，梅特伊侯爵夫人身在默东，见到了美国人本杰明·富兰克林，两人共进晚餐，她觉得他是个蠢货。她推开那双胆敢伸向自己膝盖的手。她醉心于在战神广场上举办的工业展，美国人对这场展览赞赏有加。本杰明·富兰克林对她说：

"如果没有在雅各宾派修道院的食堂里听过雅克·丹东的祝酒词，就不会对男性嗓音有丝毫概念。"

第二天一早，尚未破晓时，她就命人套好了马车。她离开了默东。她穿过塞夫尔的桥。她沿着田野和堤岸行驶。她来到了老城区。侯爵夫人的第一印象是惊讶。广场上的雕像已被清理。首都的形象因内战而大大受损。她熟悉的很多旅店都被摧毁了。宗教团体的建筑和花园被洗劫一空。住宅虽然还在，但由于无人照看，也处在一种令人厌恶的状态里，满是衰败和垃圾。

右岸的公共花园被弃之不管。

天空白白的，惨白的寂静细雨有些诺曼底的风格，遮住了视线。她的车沿着塞纳河边的马路前行。侯爵夫人突然间觉得自己是个外国人。她甚至觉得自己是个发现了另一片世界的灵魂。在河的两岸，紧靠在一起的人们露出悲伤的神情，又瘦又苍白的孩子们赤裸着身子在玩耍，这场景真叫人作呕。

在堤岸边上，她看到用小刀刻下又用木炭涂描的七个字："要么自由，要么死。"突然，她想起自己认识一个把这警句作为人生奥秘的男人。

她感到心口疼痛。

她叫车夫停下。

＊

　　侯爵夫人在细雨中下了车。她用手捂住心口。脚下的堤岸滑滑的，她困难地走近那句题词。在她身边，一位旧货商冒着雨依旧在静静地摆摊，书本放在搁凳上。她手里拿着一本——想也没想就用手套擦了擦。精装书封面上的纹章恰好就是当瑟尼的。她颤抖着。她挑了另一本：这另一本的原主人是她在宫里认识的一个男人，他们还曾共度欢乐时光。旧货商催她报价。她被他的要求弄得腻烦了，便没好气地把书放在了搁凳上。

　　她想："如果我继续在货摊里翻一翻，说不定会找到一本有瓦尔蒙纹章的书。"

　　她没有说出这个名字，但是突然，双腿在她身下弯了起来。

　　她紧紧抓住堤岸的石沿。一阵浓雾迷住了她的眼睛。

　　她慢慢地恢复了呼吸。

　　她睁开双眼。在下面，在河滩上，她看见一个正在钓鱼的男人猛地钩起了一条鱼。她突然转过身去。一滴泪水从她的脸颊上滚落。她下意识地用脏兮兮的手套擦了擦。她想回到车上，但自己一个人却做不到。

　　车夫跳下坐凳，朝她走去。侯爵夫人喘着气。她对车

夫轻声说道:

"把你的胳膊借我一用。帮帮我。不去工业展了。回雅尔若……回雅尔若……"

她低声重复道:"回雅尔若!回雅尔若!"好像她在请求自己的仆人。

※

她对车夫低声说道:"回雅尔若!回雅尔若!"

雅尔若,夏末。天气很好,有些闷。缓缓流淌的卢瓦尔河吸引着她。

晚上,在大河边热腾腾、软柔柔的黄沙滩上,她让人搬来一张折叠椅摆在河岸,还有一瓶清凉的水、一张渔网、一顶盖有黄色荷兰亚麻细布面纱的草帽。梅特伊夫人坐在折叠椅上,指尖夹着一根灯芯草,灯芯草的另一头系着钓鱼线,惬意得很。她投下鱼饵。又哼唱起来。她低声唱着"欢乐"。她低声唱着"哦,孤寂!"。她从水中钓起那些手指长的小鲌鱼。